이토록 사소한

말걸기

카 메 라 로   세 상 에   말 을   건 네 다

이토록 사소한
말걸기

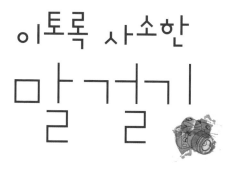

글쓰기 동아리 〈달의 뒤편〉 글·사진 | 백경화 엮음

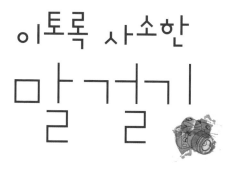

단비
danbi

머리말

9년 만에 옮긴 새 학교에서 책쓰기는 도전이었다. 아무런 정보도 없이 책쓰기 동아리회원을 모집하여 너희들과 마주 앉았던 시간들을 되돌아본다. '어찌하여 나는 책쓰기 동아리를 만들었고, 너희들은 어찌하여 그 동아리에 들어왔을까?' 생각하니 그저 대견할 뿐이다.

책이 만들어지기까지 우리들은 얼마나 자주 얼굴을 맞대고 고민하였던가. 그 시간들을 되돌아보니 책의 완성도를 떠나 우린 그만큼 친해지고 성장했다는 방증이니 그걸로 족하다.

시간이 지나 이 책을 다시 펼쳤을 때 부끄러움보다는 그리움이, 후회보다는 자부심이 피어나길 바란다.

글쓰기란 무엇인가 하고 글을 엮는 내내 고민하였다. 글은 말과 일맥상통한다 여겨진다. 글이란 말을 건네는 것이 아닌가. 그래서 서툴지만 아이들과 '자신'과 '사물' 그리고 '꿈'에 대해 말을 걸어 보기로 하였다.

1부 '나에게 말 걸기'는 나를 비롯하여 나를 둘러싼 것들에 대해 고민해 보고자 하였다. '나'에 대해 쓰는 것은 쉬울 것 같으면서도 가장 어려운 부분이었다. 최대한 자신을 들여다보고 솔직하게 나타내고자 하였다. 2부 '사물에 말 걸기'는 우리 주변에 있는 것들에 대해 눈을 돌려 다양한 사물에게 조용히 말을 걸어 보고 그 대화 속에서 꺼낼 수 있는 이야기들을 담았다. 3부 '내일에 말 걸

기'는 한창 진로에 대해 고민하는 아이들의 이야기를 담았다.

　학교 안에서 '독서'와 '글쓰기'를 통해 아이들을 만나고, 그 만남
을 즐기고 싶어 사서교사가 되었다. 하지만 늘 어렵기만 했다.
　내가 지금 하고 있는 모든 것들에 대해 의미를 부여하고 싶었으
나 의미를 찾지 못하기 일쑤였다. 늘 바쁘게 돌아가는 학교 안에
서 방황하였으며, 가끔 길을 잃기도 했다.
　그러나 책쓰기를 통해 그 의미를 찾았다. 나는 이제 더 이상 방
황하지도 길을 잃지도 않을 것이다.
　그러니 너희들도 길을 잃지 말기를.

2017년 여름
'달의 뒤편' 지도교사 백경화 씀

| 차례 |

1. 나에게 말 걸기

2. 사물에 말 걸기

| 차례 |

3. 내일에 말 걸기

1
나에게 말 걸기

너무 큰 사람

어렸을 때부터 나는 항상 행복한 사람이었다. 전 세계가 알아주는 영재인 것도 아니고, 전교생이 알아볼 정도로 대단한 사람도 아니었지만, 나는 내 주변 사람들에게 사랑받는 사람이었다. 집에 가면 엄마, 아빠가 나를 사랑해 주셨고, 학교에 가면 선생님과 친구들이 사랑해 주었다. 최고의 자리에 오르지는 못 했어도, 나는 내 자리에서 내 나름대로의 행복을 만들며 최선을 다해 살아왔다.

그런데 나는 내가 과연 잘 살아온 것인가에 대한 고민이 생겼다. 어려서부터 외국어 고등학교에 가겠다고 다짐했던 나는 자기소개서를 쓰게 되었다. 내 삶을 있는 그대로 표현하려고 노력했고, 내가 사랑받는 사람이었다는 것을 보여 주고 싶다고 생각했다. 그런데 막상 자기소개서를 쓰고 나니, 자기소개서라는 이름 위에 던져진 내 모습은 한없이 작고 초라하기만 했다. 나는 분명 내 자리에서 최선을 다해 살아가는 사람이었는데, 소중한 꿈을 품고 달려가던 사람이었는데, 막상 '나'라는 것을 꺼내 자기소개서로 옮겨 보니 너무 작아 쥐구멍에라도 숨고 싶어졌다.

내가 이렇게 초라한 사람이었나, 라고 생각하며 주저앉아 있을 즈음, 같은 학교에 지원하는 친구들도 자기소개서를 쓰기 시작했다. 내가 옆에서 지켜본 그 친구들은 하나하나 자신의 꿈을 가지고 있고, 각자의 개성을 뽐내며 반짝반짝 빛나던 아이들이었다. 늘 최선을 다하는 모습들이 정말로 예쁘고 멋진 친구들이었고, 나는 '나도 저렇게 빛나고 싶다' 하며 동경했었다.

그런데 그 친구들이 하는 고민도 나와 다를 것이 없었다. 주변

당신은
자기소개서에 담기에
너무나도
큰 사람이랍니다!

사람들의 기대를 한 몸에 받고 있던 자신인데, 나름대로 잘 살아왔다고 생각했는데, 막상 자기소개서를 쓰고 나니 자신이 도대체 지금까지 무얼 하고 살아왔는지 회의감이 든다는 것이었다. 각자의 개성과 꿈이 있는 친구들이라 자기소개서를 막힘없이 써 나갈 것만 같았던 친구들도 나와 같은 고민을 하고 있었던 것이다.

나는 그제야 깨달았다. 내가 너무 작은 사람이라 자기소개서에 초라하게 비춰지는 것이 아니라, 너무 큰 사람이라 자기소개서에 다 담을 수 없다는 것을 말이다. 자기소개서에 담기에 너무 크고 소중한 사람이라서, 내가 자기소개서에 그런 내 자신을 다 그리지 못했다는 것을 말이다. 지금 나와 같은 고민을 하고 있는 내 친구들에게 말해 주고 싶다. "너는 자기소개서에 담기에는 너무 큰 사람이야!"

문서영

너는,
여전히 달콤한 냄새가
나는구나.

여전히

조각조각 잘라진
초콜릿 조각들

저렇게나 망가져 버렸는데
저렇게나 작은 조각이 되었는데
여전히 달콤한 냄새가 난다

너는 무슨 마법을 부렸니
나는 이리 치이고 저리 치일수록
나만의 향기를 잃어버리는데

너는, 여전히 달콤한 냄새가 나는구나

이유빈

정적

하늘 위, 해가 물러나고 달이 뜨면 세상은 온통 어둠으로 뒤덮인다. 모두가 잠드는 밤이 된 것이다. 나는 그제야 길고 고단했던 하루가 끝났음을 깨닫고 창문을 닫는다.

"너는 덥지도 않니. 여름에 창문은 왜 닫니!"

전에 들었던 엄마의 잔소리가 귓가에 맴돌지만 그래도 나는 꿋꿋이 창문을 닫는다. 꿀잠을 위한 일종의 소음차단이랄까? 언제부턴가 나는 창문을 닫아야지만 편하게 잘 수 있는 아이가 되어버렸다. 가능하다면 커튼도 치고 싶지만 커튼을 쳤다간 지금이 겨울이냐고 엄마가 잔소리할 게 뻔했다.

딸깍. 소리와 함께 불이 꺼지고 침대에 누워 눈을 감으면 어느샌가 잠이 든다. 다시 감았던 눈을 뜨면 창문 너머 햇살이 나를 반긴다. 그렇게 다시 의미 없는 하루가 리플레이 된다.

하지만 어떤 때는 왜인지는 모르겠지만 한밤중에 저절로 감겼던 눈이 떠진다. 그럴 때면 나의 뜬 눈에는 어둠만이, 내 주위에는 정적만이 존재한다.

완벽한 밤의 정적

한밤중의 완벽한 정적이.
초파리의 날갯짓을 들을 수 있을 만큼의
완벽한 정적이.

잠에 취해 있어도 너무나도 완벽한 그 정적에 마음을 빼앗긴다.

조용하다 못해 삐 소리가 나는 것만 같은,
마치 무중력 공간 속에 떠다니는 것만 같은,
그런 것만 같은 밤의 정적.

나는 그 정적이 좋아 가만히 있어 보지만 다시 쥐도 새도 모르게 잠이 들어 버려 그 완벽한 정적의 시간을 항상 놓치고 만다. 태양과 인사할 때쯤이면 그 정적을 놓친 것에 아쉬워하고 무념무상. 책상 앞에 앉아 세상의 소리에 귀를 기울인다.

자동차 시동 거는 소리, 부엌에서 가족들이 식사하는 소리, 안방에서 흘러나오는 tv 소리, 때로는 주차장에서 차 빼 달라는 소리, 세상의 소리들이 화음을 이루어 음악처럼 다가와 내게 생기를 불어넣어 준다.

하지만 때때로 한밤중 무심코 깼을 때의 정적이 그리울 때가 있다. 세상의 소리는 내게 꽤 깊은 감명을 주기는 하지만 이 세상은 어쩌나 바쁘고 빠르게 돌아가는지 아주 숨도 쉬지 못할 정도이다.

그래서 더더욱 그립다.

한밤중의 완벽한 정적이.

초파리의 날갯짓을 들을 수 있을 만큼의 완벽한 정적이.

안민주

손

　손가락과 손바닥의 1대 1의 비율, 네모에 가까운 동그란 손톱, 조금이라도 긴장하면 손에 땀이 흥건하여 축축해지고, 오른손 중지에는 뜬금없이 갈색 점이 있고….

　난 정말이지 내 손이 마음에 들지 않는다. 가끔 체육시간에 공기를 할 때면 자유자재로 움직이는 손가락들을 유심히 보게 된다. 그렇게 뚫어져라 보다가 문득 내 손을 바라보면

　'이건…뭐 개구리 손인가?'

　손이 길쭉길쭉 예쁜 사람들만 공기를 잘하는 건 아니겠지만 어쩌면 당연히도 내가 공기를 못하는 것을 손이 개구리인 죄로 넘기고 공기를 포기했었다. 하지만 손이 괴상하다고 느낄 정도로 못생긴 것도 아니고 정상적으로 태어난 것만으로 감사하게 여겨야겠지. 게다가 내 손이 정말 마음에 안 드는 가장 큰 이유는 따로 있다. 진짜 울컥할 정도로 내 손이 성가실 때가 있는데 시험 때면 특히 심하다. 볼펜을 오래 잡고 있으면 어느새 볼펜이 번들번들, 미끌미끌 진짜 미쳐 버린다. 평소에도 손에 땀이 많은 편이라서 촉촉할 때가 많긴 하다. 근데 내가 조금이라도 긴장을 하면 촉촉의 경지를 넘어서 축축의 경지에 이르게 된다. 오른손에서 땀이 나면 왼손에도 어느새 땀이 흥건하니 미칠 지경이다.

　왼손이 하는 일을 오른손이 모르게 하라는 말도 있는데 내 오

내 손은 정말이지 마음에 들지 않는다.

른손과 왼손은 한마음 한뜻으로 땀을 퍼부어 댄다. 아무리 내 몸과 마음을 소중히 아껴야 한다지만 땀이 많을 때의 내 손은 어디 갖다 버리고 싶을 때가 많다. 게다가 한 가지 걱정되는 건 나중에라도 남자 친구가 생겨서 처음으로 손을 잡는데 그때 내 손이 축축하면 오던 남자도 도망가 버릴까 봐 심히 걱정된다. 쓸데없는 걱정이라고들 생각할 테지만 나한텐 굉장히 심각한 문제다. TV에서 보면 연예인들이 손이 예쁜 여자가 이상형이라고 하는 사람이 꽤 있던데, 난 손이 예쁘지도 않고 축축하기까지 하니. 그래도 신은 공평하다고들 하지 않는가! 뭐 하나라도 제대로 된 걸 주셨겠지.

하지만 손은… 내 손은 정말이지 마음에 들지 않는다.

안민주

되돌아보면

되돌아보면 내 학교생활은
결코 밝지만은 않았다

끊임없는 혼란을 겪으며
여러 인연을 만들어 나가고
그리고 또 끊어 나가기도 하고

상처받고, 또 치유받고
스트레스도 많이 받고 짜증도 내고
말 그대로 혼돈 그 자체였다

하루는 친구들에게 물어보았다
중학교 생활을 돌아보았을 때
재미있었냐고, 좋은 기억들이 남았냐고

재미있고 좋은 순간들이

들어올 틈이 도무지 없는데…

그랬더니 하나같이
힘들기는 했지만 재미있었다
그렇게 답하던 것이다
나만, 나만 그렇게 불행했나
나만 이렇게 혼란스러웠을까
나는 좋았던 일을 상상하라고 하면
떠올릴 만한 좋은 순간이 없는데

상처받고 두려웠던 순간들로 가득차
재미있고 좋은 순간들이 들어올 틈이 도무지 없는데

이유빈

진짜 나의 모습

거울은 스스로 자신을 볼 수 없는 인간들이 만들어 낸 도구다. 사람들은 거의 매일 거울을 본다. 하지만 거울은 나의 겉모습만을 비춰 준다. 내 얼굴에 있는 점의 위치, 뾰루지가 어디에 몇 개 났는지 등은 쉽게 알 수 있지만, 내가 하는 행동이나 태도를 스스로 알기는 쉽지 않다.

「크리스마스 캐럴」에서도 스크루지가 유령을 통해 자신의 잘못된 행동들을 본 뒤, 깨달음을 얻고 개과천선해서 새로운 삶을 살게 된다. 스크루지는 자신의 행동이 잘못된지도 모른 채로 살아오다가, 직접 자기가 하는 행동을 보고 그 행동이 왜 잘못된 건지 안 거다.

그러나 저건 소설 속 이야기이고, 나는 저렇게 나를 볼 수 없다. 그래서 잘못된 행동에 대해 핑계대고 합리화하지 않는 것이 중요하다. 나도 잘못된 행동을 하고 마음이 불편하니까 그걸 해소하기 위해 핑계를 대서 정당화할 때가 있다. 하지만 이걸 계속한다면 잘못된 행동을 고칠 수 없다. 스크루지처럼 더 나은 사람이 되어 살아가려면 자신을 객관적으로 봐야 할 것 같다.

송현민

하지만 거울은 나의 겉모습만을 비춰 준다.

먼지는 오늘도 방황한다

시계는 시계다.
분침과 시침을 옮겨 가며 시간을 알려 준다.
창문은 창문이다.
복도에서 들려오는 모든 소음들을 차단한다.

이처럼 모든 사물에는 저마다 이름이 있다. 그리고 그에 따른 기능을 한다.

시계는 시계의 일을, 창문은 창문의 일을, 하물며 아무것도 아닌 것처럼 교실 한편에 배치되어 있는 청소도구함조차도 빗자루와 여러 가지 청소도구들의 집이 되어 준다. 사람도 마찬가지이다. 사물처럼 각자 다른 이름을 가지고 있고, 자신을 널리 알린다거나 반대로 모두가 잘 보지 못하는 곳에서 봉사를 하며 살아가며 이름에 따른 모두 다른 기능을 한다. 그렇다면 나도 과연 그런 사람일까? 아니, 전혀! 안타깝게도 나는 그런 사람이 아니다.

'이름에 따른 기능'에 따라서 생각해 보면 내가 생각하는 지금의 내 나이는 사실 이름에 따른 기능을 할 나이가 아니라 그런 기능을 하기 위해서 준비하고, 결정해야 하는 시기인 것 같다. 하지만, 지금의 나는 그런 준비조차 전혀 되어 있지 않다는 것이다. 결정을 못했으니 준비를 할 수 없는 것이고, 준비를 안 했으니 내 이름에 다른 기능을 할 만한 사람이 되지 못한다. 이런 내 주위에는 꽤나 많은 아이들이 결정 단계까지 끝마친 상태이다. 어떤 아이들은 이미 미래가 보장되어 있는 아이들도 있다. 그런 아이들이 너무 부러우면서도 아직 아무런 결정을 하지 못한 내가 한심할 때가 많다. 다들 한마디씩 툭툭 내던지기를 이 세상에 태어난 모든 것들은 이유가 있어서라고 했다. 그렇지만, 지금의 나는 아무 이유 없이 태어난 먼지 같다. 이곳저곳 둥둥 떠다니다가 청소기 속으로 홀라당 들어가는 먼지 말이다.

시계는 오늘도 움직일 테고
창문은 오늘도 든든할 텐데
나는 오늘도 이곳저곳 방황하는 먼지이다.

장인서

나는 오늘도
이곳저곳 방황하는
먼지이다.

나는 이끼다

나는, 이끼다
바닷속 작은 바위에 붙어 살아가는 이끼 하나
자유롭게 물 따라 흘러가는 물고기들을 바라보며
나도 언젠가는 헤엄치고 싶어라, 하며
평생토록 부러워만 하는 작은 이끼 하나
그럼에도 물살이 두려워 그 곳을 벗어나지 못하고
바위에 꼭 붙어,
나를 데려갈 물고기 한 마리가 오기를 애타게 기다리는
그런 겁쟁이 이끼 하나

나는 예전부터 과거에 얽매여 사는 사람이었다
항상 새로운 삶을 갈구하였지만,
그럴 때마다 과거의 내가 나의 발목을 세게 움켜쥐어
나아가는 발걸음을 억지로 멈추어야 했다

그런 어리석은 이끼 하나.

나는 제자리가 아닌, 앞으로 나아가는 삶을 원했다
더 이상 과거에 의존하지 않는 사람이 되기를 바랐다
하지만 그럴 때마다 너무나도 겁이 나서,
아무것도 할 수가 없었다
눈앞이 새카매져 아무것도 보이지 않아
한 걸음조차 앞으로 내딛을 수 없었다
그 순간 입이 얼어붙어 한 마디조차 내뱉을 수 없었다
정말 한심하게도, 나는 아무것도 할 수가 없었다

나는 이끼다
목적지를 바로 눈앞에 두고서도 바보같이 제자리에서 헤매며
언젠가는 파도가 날 데려다주겠지, 하며
하염없이 그 자리에서 기다리기만 하는
그런 어리석은 이끼 하나

이유빈

내가 그 '무언가'의 그림자가 된 듯이.

그림자가 되어

   길을 걷다 한 번쯤은 눈살이 찌푸려진다
   눈에 부시는 햇빛 때문인지, 날씨 좋다 하면서도 뜨거운 곳을 떠난다
   그러곤 우리에게 그늘짐을 주는 그림자로 몸을 움직인다
   우리에게 붙어 다니는 그림자 말고 무언가의 그림자로 우리가 붙어 버린다

   그러면, 위를 한 번 올려다보자
   그림자를 따라 시선을 따라가자
   너무 더워 신경 쓸 겨를조차 없을지 모르지만
   그 자리를 항상 지키는 '나무' 같은 것일지,
   잠시 머무르는 여행자처럼 이동하는 '구름' 같은 것일지
   어쨌든 우리는 잠시 머무르다 가는 흔한 존재라 생각할 순 있겠지만, 혹시 그들은
   우리를 항상 내려다보며 그저 시선 한 번을 원하고 있지는 않을까?

   오늘, 집으로 가는 길에 이런 생각이 들었다
   그래서 한 번 바닥이나 눈높이에 맞는 주변 대신에 위를 올려다보았다
   그저 여름의 푸른 하늘이 보일 뿐이었지만
   그렇지만 나는 다시 붙어 버렸다
   내가 그 '무언가'의 그림자가 된 듯이

김은수

쌍꺼풀

우리 가족은 화목하고 뭐 하나 빠짐없이 완벽한 가족이다. 하지만 그들은 가지고 있으나 나에게 없는 것이 있다. 그건 바로 쌍꺼풀이다. 엄마, 언니, 여동생 심지어 남자인 아빠까지 가지고 있는데 나는 없다. 거울을 들고 요리조리 아무리 살펴봐도 쌍꺼풀이라는 건 눈 씻고도 찾아볼 수가 없다. 쌍꺼풀이 너무나 갖고 싶은 나머지 인터넷에 '쌍꺼풀 생기는 법'을 쳐서 지식인을 살펴보았다. 지식인을 믿었는데….

Q. 쌍꺼풀이 너무 갖고 싶은데 어떡하죠?
A. 어머! 쌍꺼풀이 갖고 싶은 거군요 그럼 ○○성형외과나 ○○성형외과, ○○성형외과를 추천 드려요.

등등 나는 수술 말고 야매로 만들 수 있는 쌍꺼풀을 원하는 것이었다. 이상한 광고 글만 보다가 어느 분의 블로그에 갔더니 실핀이나 면봉으로 주기적으로 그어 주면 몇 개월 안에는 생긴다는 것이었다. 하지만 그분의 글 밑에는 지금 자신의 얼굴이 가장 예쁘다는 것이었다. 처음에는 이해하지 못하다가 거울을 보니 지금의 내 눈이 제일 예뻐 보였다. 그래서 이젠 쌍꺼풀이 없는 눈이 예쁘다고 생각한다.

그래도 가끔 언니나 동생 눈을 보면 정말 예쁘다는 생각이 들곤 한다. 하지만 부모님이 낳아 주신 소중한 내 얼굴이니까 절대 얼굴에 손을 대지 않을 것이다.

있는 그대로가 제일 예쁘니까!

김한비

있는 그대로가 제일 예쁘니까!

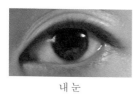
내 눈

엄마 눈

여동생 눈

언니 눈

냄새

문득, 고개를 들면
익숙한 냄새가 코를 스쳐
향기가 아니야,
그냥 어디선가 느껴 본
낯익은 냄새야
이 냄새를 느꼈던 그 시절
내가 무얼 하고 있었는지 보여
특별한 냄새가 아니야,
낯익지 않다면 바람에 흘려보낼
그냥 공기 냄새야
냄새를 다시 만날 때면
내가 그 시간에 있는 것 같아

문득, 고개를 들면
익숙한 냄새가 코를 스쳐.

익숙한 냄새에 난 잠시나마
그리움에 머무는 거야
냄새를 다시 만날 때면 있잖아,
내가 정말 특별해진 것 같아
어두운 무대 위에
나를 향한 조명 하나만 켜 있는 것처럼
지금 스치는 이 냄새도
언젠간 돌아와 내 코를 스치겠지
그럼 난 또 그리워하는 거야
이 순간을
그리움에 머물면서

문서영

학교에서 살아남기

7시 기상
교복을 입고
명찰을 달고
갓 세수한 얼굴로
당당히 교문을 돌파하면
선도가 나를 반겨
8시 58분이야

쉬는 시간
매점에 가서
빵 하나 음료 하나
꾸역꾸역 입에 넣으며
교실로 뛰어가

마침내 종이 치면
올림픽에 나간 듯
마구 달려

단, 절대 교실에 음식물은
반입할 수 없어
먹이를 기다리는 들짐승이
아주 많기 때문이야
복도에서 쥐 죽은 듯
먹고 냄새를 지워야 해

점심시간 3분 전
책상을 정리하고 급식표를 꺼내

오늘의 급식을 스캔해
다리 한쪽을 바깥으로 빼고
우리의 동지들과 눈으로 신호를 보내

마침내 종이 치면
올림픽에 나간 듯 마구 달려
급식실에 도착하면 숨을 고른 후
아주머니께 식판을 내어 드려
이때 인사를 하면 더 많이 주서

최대한 빨리 먹고
매점으로 내달려
과자 하나 아이스크림 하나
친구들과 수다를 떨어
이쯤 되면 학원 숙제가 생각나겠지만
아직은 때가 아니야

친구들과 신나게 놀아
예비종이 치더라도
미동 하나 없이 놀아
다음 종이 치면
바로 교실로 뛰어가 앉으면 돼

박채윤

그들의 하마

우리 학교에서 내가 제일 자신 있는 부분을 이야기해 보라면 나는 당당하게 '별명 최대 보유자'라고 대답할 것이다. 인정하기 싫지만, 나는 아마 우리 학교에서 별명을 독보적으로 가장 많이 가지고 있는 사람일 것이다. 초등학교 때부터 그래 왔다. 외형적인 부분이 닮아서 생긴 별명들도 많고, 이름으로 인해 붙여진 별명들도 많다. 솔직히 아직까지도 이름에서 파생된 별명들은 좋아하지 않는 편이다. 그냥 듣기 조금 기분 나쁜 것들이 대부분이라서.

그래도 외형적인 부분들로부터 나온 수많은 별명들 중에서는 마음에 드는 것들이 있다. 하마, 아따맘마, 호빵맨이라는 별명이 그 주인공이다. 하마라는 별명은 초등학교 6학년 때 남자아이의 말장난으로부터 시작된 별명이기는 한데, 처음에는 그닥 듣고 싶지 않은 별명이었지만 어느 순간 '놀림'이라기보다는 남자아이들뿐만 아니라 친한 여자아이들까지 '애정표현'으로 불러 줘서 별로 개의치 않았다. 덕분에 중학교 3학년인 지금까지도 사용하고 있기도 하다.

나는 언제까지나
아따맘마이고, 호빵맨이며
하마일 것이다.

학년이 새롭게 시작될 때마다 내 별명은 바뀐다. 처음에는 그런 별명들이 굉장히 마음에 들지 않았지만 그만큼 주위 사람들이 나를 집중해서 봐 주는 것 같아서 지금 생각해 보면 고마운 일인 것도 같다. 어린 시절에는 마냥 놀린다는 기분이 들어서 별명에 민감하게 굴 때도 있었다. 그러나 요즘은 오히려 별명을 불러 줄때마다 반가운 기분이 없잖아 든다.

그렇기에 나는 언제까지나 아따맘마이고, 호빵맨이며 하마일 것이다.

그래도 그들의 추억 속 한 사람으로 남을 수 있다는 것도 나름 나쁘지 않을 것 같다.

장인서

공주님처럼

가끔, 이런 생각 해 본 적 없어요?

우리가 아주 조그맣던,
아침마다 엄마 손 꼭 잡고 유치원 다녔을 때
누구보다 순수하고 아름답던, 그때 그 시절

서툴어도 조금이라도 예뻐 보이겠다며
반짝이는 공주님 왕관을 머리에 눌러 쓰고
내 키보다도 길어 바닥에 질질 끌리는 드레스를 입고
우아한 공주님인 척, 그렇게 놀았던 그때처럼

가끔은 다 커 버린 지금도,
공주님 드레스를 입고
나풀거리며 뛰어다니고 싶어요.

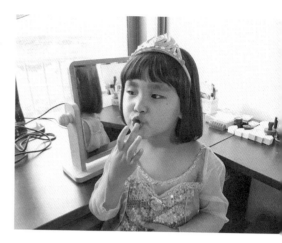

가끔은 다 커 버린 지금도,
공주님 드레스를 입고 나풀거리며 뛰어다니고 싶어요
크기도 맞지 않는 엄마 하이힐을 신고서
또각또각 소리 내며 공주님 행세를 하던, 그때처럼

그러기엔 지금은 너무 커 버린 걸까요
때 묻지 않은 순수함을 되찾기에는
내가 너무나도 더럽혀지고 해져 버린 걸까요

이유빈

시험 기간

우리는 일 년에 4번
시험을 본다

우리는 항상 시험 기간에
보고 싶은 것, 하고 싶은 것
모든 생각이 난다

뉴스를 볼 때
흥미 있는 이야기 같고
싫어했던 엄마의 심부름도 재미있다

이렇게 시험 기간은
소소한 하나하나가
정말로 감사하다

하지만 시험이 끝나면
생각들은 저 멀리 떠나간다

김성령

하지만 시험이 끝나면
생각들은 저 멀리 떠나간다.

이방인

우리 가족이 지금 살고 있는 집으로 이사 온 것이 벌써 3년이 다 되어 간다. 터벅터벅 집에 들어오면 3년째 똑같은 광경에 새삼 질리지만 마음만은 편안해진다.

그런데 유독 내 마음에 보란 듯이 얼룩을 칠해 놓는 '것'이 있다. 우리 아빠와는 붕어빵, 건들건들 나한테 명령하는 게 취미이고, 나보다 공부를 잘한답시고 온갖 생색을 다 내고 재수 없는 '이것' 바로 우리 친오빠다.

어찌 된 게 3년째, 아니 어쩌면 16년째 변함없이 나랑 안 맞는 오빠이다. 나이 차이가 심하지 않아서 그런지는 몰라도 나에게 오빠는 '매우 성가심'이다. 가끔 외동인 친구들이 하는 얘기를 들어보면 형제가 있는 걸 부러워하는데… 우리 오빠가 주현 오빠나 호시 오빠가 아닌 이상, 차라리 나는 외동이었으면 좋겠다. 돈을 빌려 가면 갚지를 않고 내가 무심코 책상 위에 돈을 올려놓으면 쓱 가져가고 물을 가져다 달라고 하고 라면을 끓여 달라고 하고… 진짜 사지 멀쩡한 사람이 좀 스스로 하면 어때서… 짜증나 죽겠다.

지금은
오빠가 싫다기보다는
마음에 안 든다고
해 두자.

예전에는 모르는 게 있으면 물어보기도 했었는데, 요즘엔 하도 재수 없어서 물어보지도 않는다.

진짜 오빠라는 존재는 나에게 '이방인'이다. 하얀 셔츠에 묻은 얼룩처럼, '나'라는 울타리 안에 뜬금없는 성가신 '이방인' 같다. 어렸을 때는 오빠랑 친구처럼 같이 놀았었는데 요즘엔 오빠가 고2다 보니까 마주칠 일도 거의 없고 대화라는 것도 잘 안 한다. 예전에는 내가 엄마한테 혼날 때도 내 편을 들어 주기도 했었는데… 그러고 보니… 어쩌면 오빠는 내게 다가서려고 했지만 내가 일방적으로 벽을 만든 게 아닌가 하는 생각이 든다. 오빠에겐 내가 '이방인'일 수도 있는 것이다. 생각해 보면 나도 오빠에게 잘한 것 하나 없다. 나중에 먼 훗날에 어른이 돼서는 모르겠지만 지금은… 오빠가 싫다기보다는… 마음에 안 든다고 해 두자.

지금은 '오빠'가 참 마음에 안 든다.

안민주

소중함

나는 가끔 지금의 가족이 없었다면 어떻게 살았을까, 라는 생각을 하곤 한다

좋은 집, 옷, 따뜻한 밥, 모든 것들을 누리지 못하면서 살았을 것이다

평소에는 소중함을 모르다가 그것이 없어져 버리면 그제야 깨닫는다

외할머니의 경우도 그렇다

난 평소에도 부끄러움을 많이 타서 표현을 잘하진 많은데 그게 너무 후회가 된다

외할머니가 평소에 나를 무척 귀여워하시고 아끼셨는데 나는 그저 부끄러워서 할머니의 따뜻한 손길을 피하기 바빴다

할머니가 돌아가셨을 때는 실감이 나지 않아서 그저 멍하니 있었다

역시 있을 때 잘해 드리라는 말이 괜히 있는 게 아니었다

김한비

역시
있을 때 잘해 드리라는 말이
괜히 있는 게 아니었다.

할아버지에게

올해 초, 할아버지가 세상을 떠나셨다.

사실, 내 기억 속에서 할아버지가 제정신이셨던 적은 그리 많지 않다. 그도 그럴 것이, 할아버지는 알코올성 치매를 겪고 계셨고, 그 때문에 말도 제대로 하지 못하셨다. 할아버지가 할 수 있는 건 현관문 앞에서 내내 줄담배를 피우거나 유리잔에 소주를 따라 드시는 것, 그리고 할머니께 소리를 지르시는 것뿐이었다. 솔직히 말해 나는 그런 할아버지가 조금은 미웠다.

그런데 할아버지가 돌아가셨다.

여느 때와 다름없는 화요일이었다. 학원이 끝나고 나를 데리러 온 엄마 차에 탔다. 엄마는 전화통화를 하고 있었다. 통화를 마친 후 전화기를 귀에서 떼어 가만히 내려놓은 엄마는 운전대를 잡고 담담히 나에게 말씀하셨다.

"서영아, 할아버지가 돌아가실 것 같아."

잘못 들었나 싶었지만 이내 그렇지 않다는 것을 깨달았다. 언젠간 일어날 일이라고 생각했지만 이렇게 빨리 찾아올 줄은 몰랐다. 생각보다 많이 슬프지는 않았다. 그런데 갑자기 눈물 한 방울이 툭, 떨어졌다. 백미러로 내 모습을 본 엄마는 힐끔, 하곤 이내 모른 척 고개를 돌렸다.

눈물이 났지만 그뿐이었다. 나는 눈물이 왜 났는지조차 알지 못했다. 나는 손에 들린 조그만 봉지에서 곰 젤리를 꺼내 입에 넣었다.

할아버지가 돌아가셔도 슬프지 않을 것만 같았다. 그리고 사실 그랬다. 엄마 아빠가 장례식장에 가시고 혼자 집에 있는데, 할아버지가 돌아가셨다는 것이 실감이 나지 않았다. 그런데 다음 날

안녕, 할아버지, 안녕.

장례식장에서 할아버지의 사진을 보는데, 가슴속에서 무언가 와르르, 무너지는 것 같은 기분이 들었다. 그리고 무너진 가슴은 그대로 눈물로 흘러나왔다.

"할아버지가 할머니는 그렇게 미워했어도 서영이는 참 예뻐하셨지…. 서영이를 태운 유치원 버스가 올 시간이 되면 할아버지는 꼭 데리러 나가서 너를 업고 돌아오셨단다."

펑펑 우는 나와 달리 사촌 동생은 내 옆에서 가만히 고개를 갸우뚱하며 앉아 있었다.

그날 밤, 어린 사촌 동생을 데리고 밤 산책을 나섰다.

"서현아, 할아버지가 어디로 가셨을 것 같아?"

가만히 생각에 잠겨 있던 동생은 밤하늘을 가리키며 말했다.

"저어기 좋은 데."

사촌 동생의 손끝을 따라 밤하늘을 올려다보았다. 유난히 별이 반짝거렸다.

오늘 밤 왠지 고개를 들어 밤하늘을 보니 할아버지 생각이 났다. 서영아, 하며 내 이름을 부르시던 할아버지의 웃는 얼굴이 떠올랐다. 할아버지가 돌아가시기 전에 같이 사진이라도 한 장 찍어 놓을걸. 할아버지한테 한 번이라도 더 웃어 드리고, 안마도 해드릴걸. 무엇보다도 할아버지를 미워하지 말걸.

할아버지, 나 잘 지내고 있어요. 할아버지도 잘 지내고 계시죠?

오늘 밤, 할아버지가 무척 보고 싶어요.

문서영

곁

나에게도 누구나처럼 할아버지 두 분이 계신다. 친할아버지는 내가 7살일 때 돌아가셨고, 외할아버지는 내가 태어나기도 전, 엄마도 학생일 때에 돌아가셨다. 외할아버지는 외할머니 댁 옷장 속에 있는 액자 안 사진으로만 어릴 때 몇 번 뵈었다. 어렸을 때 혼자 우연히 옷장을 열었는데 액자가 있었다. 액자 속 사람이 외할아버지라는 것은 느낌상 바로 알았다. 처음 봤을 때 낯선 느낌이 어렴풋이 기억난다. 그 뒤로 또 한 번 열어 봤는데 그땐 액자가 없었던 것 같다. 친할아버지는 그래도 꽤 기억이 있다. 밥 먹고 할아버지랑 매일 팔씨름했던 기억이랑, 할아버지 오토바이 위에서 놀았던 기억도 있다. 그리고 오랜만에 할아버지 댁에 가면 내 이름을 까먹으신 척 장난치셨는데 그땐 정말 까먹으신 줄 알고 집에 돌아갈 때 종이에 이름을 써 놓고 가기도 했다. 그리고 투병하실 적엔 할아버지 병상 위에 앉아서 병원 밥도 같이 먹었다. 지금 생각하면 철이 없는 행동이다. 그때는 죽음에 대한 아무런 생각 없이 살았던 것 같다. 비록 두 분이 지금은 하늘에 계시지만 우리가 기억한다면 곁에 계신 것과 마찬가지다.

송현민

지금은 하늘에 계시지만
우리가 기억한다면
곁에 계신 것과 마찬가지다.

쌍둥이

주변에서 쌍둥이들을 흔히 볼 수 있다. 우리 학교만 해도 3학년에 쌍둥이가 3쌍이나 된다. 그런데도 사람들은 항상 신기해하고 궁금해한다.

초등학교 때까지만 해도 머리를 팡나게 묶고 젤까지 반질하게 바른 우리를 보고 사람들은 '쌍둥이니?' '언니가 누구니?'라는 질문을 정말 많이 했다.

중학생이 된 지금은 그런 질문보다는 '쌍둥이면 기분이 어때?' '둘이 막 경쟁하고 그러겠다. 그치?'라는 질문을 많이 듣는다. 이 질문들에 답을 해 보자면 쌍둥이인 기분은 별다른 기분이 들지 않는다. 나와 똑같이 생긴 아이가 있네?! 하며 신기하지는 않다는 말이다. 오히려 혼자인 기분은 어떨지 궁금하다.

두 번째 질문은 선생님들이나 어른들이 많이 하는 질문인데, 우리 둘은 어릴 때 같이 엄마, 아빠 놀이를 하고 같이 소꿉놀이를 하는 가장 친한 친구이자 가족이었고 지금은 서로 공부를 알려 주고 가장 많은 이야기를 나누고 의지하는 정신적 지주의 역할을 해 주고 있다. 피 튀기며 경쟁하는 일은 없다는 것이다.

엄마, 아빠보다도 비밀이 없고 가장 많은 시간을 함께 보내는 사람이기 때문에 쌍둥이는 가까울 수밖에 없다. 쌍둥이여서 불편한 점은 친구들이 인사할 때 눈치를 보는 것과 모르는 친구가 나에게 인사를 할 때 당혹스럽고 때때로 선생님들이 "채원아!" 라고 부르는 것이 귀찮다.

초등학교 때에는 맨날 도플갱어라고 불렸고 일부러 이름을 다르게 부르는 애들도 있어 짜증이 날 때도 있었다. 선생님들은 아까 수업을 받았던 애가 또 앉아 있어 당혹스러워 하시고 친구들은 누가 내 친군지 혼동이 온다.

또한 많은 시간을 같이 있는 만큼 정말 하루도 빠지는 날이 없이 투닥거린다.

말싸움을 주로 하지만 때론 서로의 머리를 잡고 뒤통수를 때린 적도 있었다. 안경이 박살 나도록 싸우고 엄마한테 혼나고, 싸우고 혼나고를 반복한다. 항상 내가 먼저 사과를 한다.

그래도 나는 쌍둥이여서 좋다.

이채원

나는
쌍둥이여서
좋다.

리본의 끝

네가 내 곁을 떠나야 할 때,
내 손목에 리본을 살포시 묶어 주며
너는 이걸 절대 풀지 말라 했지

이 리본의 끝을 따라가면 네가 있을 거라며,
비록 서로 멀리 떨어져 지내야 하지만
네가 보고 싶을 때면 언제든 찾아올 수 있게
손목에 꼭 매 주는 거라던 너의 말

나는 너의 말만 믿었어
죽어도 손의 이 리본만은 풀지 않았어
너와 어떻게든 떨어지면 안 되겠다는 생각에
무슨 일이 있어도 이 리본만큼은 지켜 냈어

그러다 어느 날 왠지, 갑자기 싸한 기분이 들었어
뭔가 너와 관련이 있는 걸까 나는 불안했어
무슨 일이라도 생겼을까, 다치기라도 한 건가
근데 도무지 어떻게 지내는지를 모르니까 너무 답답했어

그래서 나는, 리본을 잡고 걷기 시작했어. 바로 너를 찾으러
리본의 끝 저편에는 네가 기다리고 있겠지
그럴 것이라는 생각에 피곤함도 잊은 채 걷고 또 걸었어

리본의 끝 저편에는
네가 기다리고 있겠지.

발에 물집이 하나둘씩 잡히기 시작했어
내 곱던 다리는 여기저기 치여 상처가 났어
그래도 네가 괜찮다는 것을 눈으로 확인하고 싶었어
그래서 리본의 끝이 나올 때까지 걷고 또 걸을 수밖에 없었어

그러자, 리본의 끝이 서서히 보이더라고
네가 그 끝에서 날 반기고 있을 거란 생각에 나는 너무나도 기뻐
정말, 온 피로를 다 날려 버리고 행복에만 차 있었어
한편으로는 두려움도 있었지. 네가 무사할까 하는 걱정에

근데, 그 걱정은 정말 쓸모없는 걱정이더라고
그렇게 고생하며 리본의 끝을 따라가 보니,
그 망할 리본은 나뭇가지에 덩그러니 혼자 묶여 있더라고

그대여, 나를 왜 떠나갔는가
나에게 한 줄기 희망을 안겨 주고서
왜 이리 잔혹하게 나의 곁을 떠나 버리고 마는가

이유빈

앨범

도대체 왜 청소할 때만 나오는 거야!

집만 어지른 채로 앨범을 편다. '그때 그 시절이 좋았지' 아무 생각 없이 엄마, 아빠 품에서 잠들던 그때로 돌아가고 싶다.

어릴 때의 내 사진을 보다가 먼지가 수북이 쌓인 엄마의 앨범이 보였다.

중고등학생의 엄마의 모습, 엄마도 나와 같은 시절이 있었구나, 왠지 모를 눈물이 찔끔 나온다.

친구들과 해맑게 웃으며 놀고 있는 우리와 다를 것 없던 엄마의 모습, 엄마의 삶이 나 때문에 바뀐 것만 같아 마음이 쓰리다. 갑자기 궁금해졌다. '엄마는 다시 나를 낳는다면 낳을 거야?' 엄마의 대답 '당연하지.' '왜?' '좋으니까…' 뭐가 좋은 건지는 잘 모르겠다. 잘난 것 하나 없는 날 키우는 게 뭐가 그렇게 좋을까 나 때문에 엄마의 인생이 이렇게나 달라졌는데 왜 좋을까 매일 속만 썩이는데 왜 좋을까 나도 나중에 어른이 되면 알게 되겠지 언젠가 먼 미래에 이 시절을 되돌아보면서 또 그리워하겠지 그 먼 미래를 위해 그 미래의 나를 위해서 열심히 살고 후회 없이 살아야지 그리고 나도 언젠가 우리 엄마, 아빠처럼 멋진 사람이 되고 싶다.

이채영

도대체 왜 청소할 때만 나오는 거야!

꽃의 추억

13살 때 엄마와 함께 아침 일찍 아침고요수목원에 갔었다. 수목원에는 여러 종류의 꽃들이 있어서 지도를 보며 그 꽃들을 하나하나 찾아다녔다.

꽃들을 하나하나 보니 마음이 점점 차분해지면서 여유로워지는 것 같았다. 나는 엄마와 함께 허브 정원과 한국 정원, 선녀탕 그리고 산책길을 따라 걸으며 천천히 엄마와 이야기를 나누었다.

엄마께서는 나에게 "누구에게 꽃을 하나 선물해 주면 기쁨을 하나 선물해 주는 거랑 같은 것 같아"라고 말씀하셨다.

나는 그 말이 무척 마음에 들었고 확 와닿았다. 나는 그 말을 들어서인지 부모님의 생신 때 항상 기쁨을 드리기 위해 꽃을 선물해 드린 것 같다. 나는 예전에 우리 엄마께서 동물을 키우는 것보다 화초를 기르는 게 너무 행복하다고 말씀하셨던 것이 조금 의아했다.

나는 화초랑은 말도 못 나누고 놀지도 못해서 동물이 더 좋다고 생각했고 엄마는 나의 생각과 달리 식물이랑 마주 보고 앉아 있으면 마음이 한결 가벼워지고 차분해져서 식물이 더 좋다고 말씀하셨다. 그런데 아침고요수목원에 갔다 와 보니 생각이 조금 바뀌었다.

식물은 말을 못 나누는 게 아니라 나에게 차분함과 여유로움을 주고 있었던 것이었다.

나는 그래서 동물과 식물을 모두 다 좋아하게 되었다. 살면서 이렇게 예쁜 꽃들을 아침고요수목원에서 보면서 '꽃의 작은 존재가 나에게 기쁨을 주었다'라고 생각하게 되었다.

김성령

누구에게 꽃을 하나 선물해 주면
기쁨을 하나 선물해 주는 거랑 같은 것 같아.

사람은 서로서로 이어져 있나 보다

'간지럽다'라는 말이 있다. 겨드랑이나 배, 목을 간질이면 온몸에 오소소, 소름이 돋는 그 느낌. 그것을 나는 간지러움이라 느낀다. 하지만, 다른 사람이 느끼는 간지러움도 내가 느끼는 이 간지러움과 같을까?

그렇다면 '뻐근하다'는 어떤가? 어떻게 말로 표현할 수 없는 느낌이다. 어떤 느낌이 들 때 "이것은 뻐근한 것이다"라고 할 수는 있지만, 뻐근함이 어떤 느낌인지 말로 설명하기는 결코 쉽지 않다. 과연 내게 뻐근한 느낌은 다른 사람에게도 나와 똑같은, 아주 똑같은 느낌일까?

버스를 타고 여행을 가던 중, 멀미가 나서 어지럽고 속이 울렁거렸다. 옆에 있는 친구에게 "속이 울렁거린다"고 했더니 친구는 내게 속이 울렁거린다는 게 무어냐고 묻는다.

간지럽다, 뻐근하다, 속이 울렁거린다…. 우리가 일상생활 속에서 참 많이 사용하는 말이지만 말로 풀어 설명하자면 참 복잡하다. 다른 사람의 느낌을 내가 느낄 수 있는 것도 아니고, 어떻게 우리는 우리가 느끼는 느낌에 다른 사람들이 쓰는 것과 같은 말을 가져다 붙일 수 있는 것일까? 이런 표현들을 만들어 낸 사람은, 모든 사람들의 몸에 들어갔다 나오면서 이 느낌은 뻐근한 것이다, 이 느낌은 울렁거리는 것이다, 라고 정리하며 이 표현들을 지었을까? 그건 아닐 터였다. 그러면 어떻게 사람들은 자기 느낌에 이 표현들을 가져다 붙일 수 있는 것일까?

그리고 나는 또 한 가지가 궁금해지는 것이었다. 그럼 엄마는 내게 이 말들을 어떻게 가르쳤을까? 그리고 나는 그 말을 어떻게 알아들었을까? 내가 뻐근하다고, 간지럽다고, 울렁거린다고 느끼는 이 기분은 다른 사람들이 느끼는 것과 다를 수도 있다. 내 느낌을 다른 사람들이 느낄 수 있는 것도 아닌데, 어떻게 사람들은 다른 사람들이 쓰는 것과 같은 말을 가지고 자신의 느낌을 표현하고 다른 사람의 느낌을 알 수 있는 것일까?

　이런 것을 보면, 사람들은 서로서로 이어져 있나 보다. 그래서 남이 느끼는 느낌은 몰라도 어떤 것인지 알아듣고 말이 통하는 것인가 보다. 나는 새삼, 인간은 서로 통한다, 라는 것을 느꼈다.

문서영

나는 새삼,
인간은 서로 통한다, 라는
것을 느꼈다.

우리는
같이 살아가야만
한다.

가족

가족이란 건 어쩌면,
가족이란 이유 그 하나만으로
모든 것을 용서하고,
모든 것을 배려해야만 하는 존재일지도 모른다.

성격이 맞지 않아도,
혹은 가치관이 다르다 해도
가족이란 이유 그 하나만으로
우리는 같이 살아가야만 한다.

부모는 자식을 돌볼 의무로,
자식은 부모에게 효도할 의무로
서로에게 무조건적인 사랑을 나눠 주며
자신의 인생을 서로에게 오롯이 바치는 것이다.

그것은 아무리 싫다 해도 피해갈 수 없는
필연적인 가족의 굴레.

이유빈

새벽녘 닭이 울면

한창 나의 태몽에 대해서 너무 궁금했었을 때가 있었는데, 그때 나는 궁금함을 참지 못하고 엄마께 태몽을 여쭤보았었다. 엄마의 말씀에 따르면 닭장에서 닭이 튀어나오더니 엄마의 뒤꿈치를 몇 번 쫀 후 그대로 사라졌다고 한다. 닭과 관련된 나의 태몽을 처음에 들었을 때에는 단순히 신기하다고 생각했었다.

그런데! 막상 친구들의 태몽을 들어 보고 있자니 나의 태몽은 친구들에게 이야기해 주기가 조금 부끄러웠다. 가장 기억에 남는 태몽이 몇 가지 있는데, 먼저 한 친구는 곱게 익은 연분홍빛 복숭아가 태몽이라는 친구가 있었다. 듣자마자 한 치의 망설임도 없이 태몽이 너무 예쁘다는 생각을 했다. 복숭아라고하면 왠지 소녀라는 이미지가 바로 떠오르니까. 그 친구 역시 복숭아 같은 소녀상을 지니고 있기는 했지만.

또 다른 친구는 당시 유명한 연예인이 그 친구의 어머님께 넓은 들판에 펼쳐진 다이몬드를 보여 줬다고 한다. 그러고는 '여기 다이아몬드는 다 너의 것이다'라고 이야기했고, 이후 어머님은 다이아몬드를 모두 주워 담으셨다고 한다. 그 이야기를 듣는 순간 너무 소름이 돋았다. 왠지 그 친구와 똑 닮은 태몽이라는 생각이 들어서인 것 같다. 평소 그 친구는 너무 예뻤고, 다이아몬드만큼 빛나는 친구였다. 태몽도 그 친구를 닮아 다이아몬드라는 태몽일 수가 있을까?

그래,
이제야 알았다.
나는 닭이었다.

아무튼, 복숭아와 다이아몬드는 나뿐만 아니라 다른 사람이 들어도 예쁘다는 생각이 바로 들게 되는 태몽일 것이다. 이런 태몽들 사이에서 닭이라니! 이렇게 건강하게 태어날 수 있었다는 것만으로도 너무 다행이기에 태몽이 무슨 상관인가 싶으면서도 괜스레 태몽과 관련된 이야기만 생각하면 아쉽다는 생각이 들 때가 한두 번이 아니다.

혹시 내가 평소 친구들의 이야기를 이해하지 못하는 이유가 태명이 닭이기 때문인 걸까?
그래, 이제야 알았다.
나는 닭이었다.

장인서

아빠

얼마 전 시립도서관을 갔다가 대출증을 발급받게 되었다. 대출증을 발급받기 위해 서류를 작성하는데 그중 보호자 연락처를 쓰는 칸이 있었다. 나는 늘 하던 대로 아무 생각 없이 엄마 전화번호를 적었다.

서류를 받아 든 사서 선생님이 내게 물었다.

"이 전화번호는 누구 번호야?"

그래서 나는 대답했다.

"엄마 번호요."

엄마 번호, 라고 중얼거리시던 사서 아저씨는 나를 보며 말씀하셨다.

"여기에 아빠 번호를 적는 사람은 아무도 없단 말이야. 아빠를 별로 안 좋아하나 봐. 이게 바로 아빠의 비애야…."

아니에요, 하고 웃으며 돌아섰지만 다시 생각해 보니 과연 그랬다.

물론 아저씨는 별 뜻 없이 장난으로 하신 말씀이었을 것이다. 하지만 생각해 보니 나는 정말 아무런 의심도, 생각도 없이 보호자 연락처를 적어야 할 때는 항상 엄마 번호를 적었고, 아빠 번호를 적은 경우는 거의 없었던 것 같다.

내가 아빠와 별로 친하지 않아서 그런 것은 절대 아니다. 오히려 나는 또래 친구들에게 아빠 자랑을 할 정도로 아빠와 가깝게 지내는 편이다.

내가 아주 아기였을 때부터 아빠는 나를 앞에 앉혀 놓고 여러 말씀을 해 주셨다. 세상에 대해, 인생에 대해, 친구에 대해, 인간 됨됨이

누구 연락처를 적는지와 상관없이
변함없는 사실은 나는 아빠의 하나뿐인 소중한 딸이며,
내가 아빠를 많이 사랑한다는 것이다.

에 대해 이런저런 말씀을 해 주신 아빠 덕에 나는 일찍부터 많은 것
에 대해 생각할 수 있었다. 조금 커서는 아빠의 말을 듣고 "아빠, 근
데 내 생각은 말이야" 하며 내 나름의 생각을 이야기하기도 했다.
결과적으로 아빠는 내 사고방식에 큰 영향을 주셨다.

　또 아빠는 언제나 믿고 기댈 수 있는 든든한 존재였다. 내가 작
고 어렸을 때, 나를 번쩍 들어 어깨에 앉히고 목말을 태워 주실
때면 내가 하늘 위로 붕 떴던 기억이 아직도 난다. 아빠 어깨에서
세상을 내려다보면, 내가 정말 큰 사람이 된 것 같아서 참 좋았다.
높이 있어서 무섭긴 했지만, 아빠가 나를 잡고 있기 때문에 땅으
로 떨어지지 않을 것이라고 굳게 믿었던 것 같다. 어려서 뿐만 아
니라 지금까지도, 아빠는 내 모든 것을 해결해 주는 슈퍼맨이며
아빠 곁에 있으면 두려울 것이 없다.

　그런데 왜 나는 항상 보호자 연락처에 아빠 연락처가 아닌 엄마 연락처를 적어 왔던 것일까? 한참을 고민하고 고민해 내린 결론은, 엄마와 아빠의 역할 차이이다. 내가 하는 일에 대해 모든 것을 알고 있고 관리해 주는 분은 엄마이기 때문에 나는 엄마의 전화번호를 적어 왔던 것이다. 아빠가 엄마보다 덜 중요한 사람이라 보호자 연락처의 자리에서 밀려난 것이 아니라는 말이다.

　누구 연락처를 적는지와 상관없이 변함없는 사실은 나는 아빠의 하나뿐인 소중한 딸이며, 내가 아빠를 많이 사랑한다는 것이다.

　"아빠, 사랑해요!"

문서영

창문

들어오고 싶니?
안됐지만, 그건 안 된단다.

뭐, 안에 무엇이 있는지 궁금하다고?
안에 들어갈 수 없다면, 그거라도 알려 달라고?

음, 그렇다면 이건 어떨까?
내가 이 벽에 작은 구멍을 내 놓을게.
비록 들어올 수는 없지만,
궁금할 때면 언제든 구멍으로 손을 내밀어 보렴.

비록 작아서 내 얼굴은 볼 수 없지만,
언제든지 이곳을 찾아와 손을 내밀면
내가 흔쾌히 그 손을 잡아 줄게.

들어오고 싶니?
안됐지만, 그건 안 된단다.

그럼 우리는 친구가 되는 거야.
서로 얼굴조차도 볼 수 없지만,
서로 어느 공간에 있는지조차도 잘 모르지만
우리는 서로 친구가 되는 거야.
얼마나 근사한 일이니?

만약, 아주 만약에 내 마음의 문이 열리면
그때서야 이 벽을 부수고 너를 만나러 갈게.

그 전까지만, 기다려 줘.

이유빈

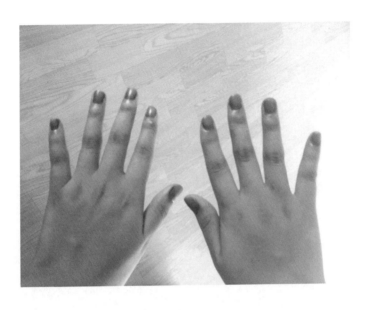

나는 봉선화 하면
많은 추억들이 떠오른다.

봉선화

봉선화는 주로 어렸을 때 손톱에 물들이는 용도로 사용된다. 봉선화의 꽃말은 '나를 건드리지 마세요(touch-me-not)'이다. 시간이 지나면서 봉선화의 꽃 맺은 부분의 잎이 둥글게 말아 방울의 모양으로 생겨나는데 그 부분을 살짝이라도 건드리면 톡 하고 터져 그 안에 씨들이 밖으로 나오기 때문에 '나를 건드리지 마세요'라는 뜻을 가지고 있는 것 같다.

봉선화 하면 많은 추억들이 떠오른다. 어렸을 땐 엄마와 아빠가 봉선화를 잘 빻아 작은 손톱에 올려 주셨다. 그 다음 봉선화가 흘러내리지 않게 손톱에 비닐을 잘 덮어 실로 손을 꽁꽁 묶으면 손가락이 아파 오는 것을 꾹 참아야 했다. 아프면서도 난 엄마와 아빠에게 아무 말도 못 했다.

얼마 후 봉선화 물이 손톱에 든 것을 보면 아픔도 잊고 웃음꽃이 피었다. 지금도 어릴 적 추억이 생각나 엄마와 아빠에게 봉선화 물을 들이고 싶다고 말한다.

그러면 엄마는 화단에서 봉선화를 많이 따 오셔서 아빠가 손톱에 예쁜 봉선화 물을 들여 주신다. 봉선화 물을 들이며 부모님과 나는 사랑도 나누고 부모님과의 관계가 더 돈독해지며 다정함을 느끼고 사랑의 마음을 더 가지게 된다.

김성령

애초부터 우리는

눈에 띄는 재능 하나 없이 태어난 건 죄이고
그래서 더 노력하는 모습을 보이지 않는 것 또한 죄이며
마음껏 꿈꾸고 상상의 나래를 펼칠 수 있는
배움의 시절을 놓쳐 버린 것 역시 죄이다.

애초부터 우리는 죄 지으며 살지 않은 적 없었다.

장인서

애초부터 우리는
죄 지으며 살지 않은 적 없었다.

목욕

지금은 여름, 가만히 앉아만 있어도 푹푹 찌는 날씨이다.

내가 가장 좋아하는 계절이 여름이라곤 했지만 으- 이건 너무하다.

더위를 조금이라도 피하기 위해 화장실로 향한다.

말도 안 되는 소리긴 하지만 여름은 좋고 더위는 싫다!

욕조에 물을 받을 때면 이 더위가 없어질 생각을 하면서 노래를 흥얼거린다.

그러다 기분이 풀파워가 되면 노래를 열창하거나 춤을 출 때가 있다.

거울을 보면서 이상한 표정도 지어 봤다가, 예쁜 척도 해 봤다가 별짓을 다하고 나면

그동안 쌓였던 스트레스가 물밀려 오듯이 싸악 없어진다.

이런 작은 행복을 느낄 수 있어서 기쁘다.

김한비

이런 작은 행복을 느낄 수 있어서 기쁘다.

사랑이 싫은 이유

잠깐의 시선이 마주치거나, 사소한 얘기를 나누거나. 내가 사람에게 호의를 보이는 방법이다. 시선이나 이야기에는 많은 감정이 담겨 있다. 누구나 그렇지 않나. 내가 줄 수 있는 최대한의 말과 행동을 하게 된다. 이것이 나의 호의다. 그리고 호의를 받는 사람은 나를 보고, 나는 즐거워한다. 내가 할 수 있는 인간관계의 부분이니, 후회한 적은 없다. 다만, 조금 아쉽다. 내가 주는 호의 속에 사실 사랑이라는 감정은 느껴 본 적도 없다는 것이. 그런데 주위에는 사랑이라는 말이 넘쳐난다. 사람들이 나에게 사랑한다는 말을, 장난으로 내뱉는다. 유대감이 깊은 사이를 말할 수도 있는 말이지만, 이상한 감정이 든다. 나는 사랑이라는 말을 싫어한다고 느꼈다. 어쩌면 싫음보다는 느껴 보지 못한 감정이라 그런 게 아닐까. 사랑은 표현하는 것으로 됐다고 한다. 사랑을 표현하는 날들이 오면, 그땐 사랑이 좋아지지 않을까.

김은수

시선이나 이야기에는
많은 감정이 담겨 있다.

나 빼고 모두 작가

달의 뒤편 두 번째 모임 날은 각자 집에서 글을 써 온 뒤 바꿔 읽어 본 첫날이었다. 그날 나는 확실히 느꼈다. 원래 지레짐작은 했지만 확실히 다른 친구들은 나보다 글을 배로 더 잘 쓴다. 나도 나름대로 잘 써 보려고 쓰는데 이상하게도 다른 친구들보다 글이 잘 안 나온다.

항상 부자연스럽고 내용도 뒤죽박죽이고 쓰다 보면 주제에서 어긋난 다른 이야기로 넘어가 있는 경우를 종종 찾을 수 있다. 다른 친구들은 어떻게 그렇게 내용이 잘 나오는 걸까? 부럽다는 걸 넘어서 존경스러울 지경이다.

이대로는 안 되겠다 싶어서 글을 잘 쓰고 싶다는 희망을 안고 춘천에 계시는 작가선생님을 찾아가 봤다. 마침 방학이라 나도 시간적 여유가 꽤 있었고 선생님도 시간이 되셔서 어찌 되어 뵐 수 있게 되었다.

내가 글을 잘 못 쓰는데 잘 쓰고 싶다고 하였더니 선생님께서는 책을 많이 읽으라고 하셨다. 책? 책이라면 방학 내내 도서관에 12시간 동안 진저리가 나도록 읽었다. 단 하루도 빠짐없이 도서관만 갔더니 도서관이 집보다 더 편해질 정도로. 그런데도 글을 이렇게 까지밖에 못 쓰는 것은 아마도 개개인의 능력인 것 같다. 물론 책은 더 읽을 것이고 앞으로 더 글을 잘 쓰기 위해 노력을 해 보겠지만 나도 글을 잘 써 보고 싶다.

박채윤

나도 글을 잘 써 보고 싶다.

궁금증 목록

1

쌍둥이에 관해서 생각한 건데, 일란성 쌍둥이는 그 생김새가 굉장히 비슷해서 부모가 아니면 잘 구분하지 못한다. 내 사촌 동생이 일란성 쌍둥이인데 아직 어려서 말도 잘 못하니까 누가 누군지 전혀 모르겠다. 아기 때는 아무리 부모라도 옷을 똑같이 입혀 놓거나 씻기려고 다 벗겨 놓으면 가끔 헷갈리지 않을까? 부모는 얼굴의 미묘한 차이를 알겠지만 그래도 순간 헷갈린다면? 쌍둥이 형제 A와 B의 이름이 서로 바뀔 수도 있다. 애기는 '난 B가 아니라 A예요!'라고 말할 수도 없다. 사실은 A가 형인데 평생 동생으로 살아갈 수도 있다. 어차피 바뀌었다는 사실을 알아차릴 수가 없으니 사는 데 지장은 없겠지만, 저런 경우가 정말 있을 거라고 생각한다.

2

한글은 세종대왕과 집현전 학자들이 만들었고, 우리가 말하는 언어. '사과', '하늘', '구름' 이런 단어들은 어떻게 만들어졌는지 궁금하다. 어떤 집단이 모여서 고개를 들고 떠다니는 흰색 물체를 구경한 다음 '이제부터 하늘에 떠다니는 저것을 구름이라고 부르자!'라고 한건가? 저 문장조차 말하려면 단어가 있어야 하는데? 아니면 한 명이 "구름, 구름" 거려서 나머지가 따라 한 것인가. 어려서 처음 영어를 배울 적엔 사과가 영어로 '애플'인 것도 미국인들이 '한국인들은 저걸 사과라고 하니까 우리는 애플이라고 하자'라고 생각해서 애플이 된 줄 알았다. 세상이 우리나라 중심으로 돌아가는 줄 알았나 보다.

궁금하다.

3

여러 가지 언어를 쓰는 사람들은 생각을 어떻게 할까? 나는 당연히 한국어로 생각한다. 그런데 혼혈이라든지 어렸을 때부터 자연스레 두 가지 언어를 사용한 사람들은 어떨지 궁금하다. 과연 어떤 언어로 생각을 할까? 언어를 번갈아 가면서 생각하나? 아무래도 좀 더 익숙한 언어로 할 것 같다. 그렇다면 영어로 생각하는 사람은 자신의 배고픔을 한국어로 표현해야 할 때 어떻게 할까? 일단 영어로 I'm hungry. 떠올린 다음에 머릿속에서 번역하여 "아, 배고파" 이렇게 말하려나. 궁금하다.

송현민

게으름뱅이

"밥을 먹고 바로 누우면 살찐다."
식사 후 침대에 대자로 누운 내 머릿속을 스치는 한마디.
'살찌면 어때, 빼면 되는걸.'
대수롭지 않게 넘겨 버린다.

과자를 먹는다. 빈 봉지를 책상에 올려놓는다. 벌써 빈 과자 봉
지가 몇 개나 굴러다닌다. 하지만 욕먹겠네 하면서도 그것을 치울
생각은 하지 않는다.

숙제는 항상 미루다가 전날에 하는 게 나의 법칙.
뭐든 계획한 것은 작심삼일인 것도 나의 법칙.
'나=게으름' 불변의 법칙

나는 정말 지독한 게으름뱅이다.
무서운 건, 나 역시도 그 사실을 뻔히 잘 알고 있다는 거다.

안민주

나는 정말 지독한 게으름뱅이다.

우연한 운명

우연히 작은아빠 만나러 나도 따라갔다가
월미도에 가서 놀았다.
우연히 버스를 기다리다가 친구를
만나서 얘기를 나눴다.
우연히 마트에서 친구 기다리다가
재미있는 책을 발견해서 도서관에서 빌렸다.
우연히 마트 시식 코너에서 맛있는 것을
먹어서 집에 와서 아빠한테 사 달라고 해서
가족끼리 맛있게 먹었다.
우연히 학원 끝나고 아무생각 없이 버스 정류장에
왔는데 집 가는 버스가 바로 와서 탔다.
우연히 숙모랑 장 보러 갔다가 실수로 닭강정을 엎어서
어쩔 수 없이 샀는데 집에 있던 사촌 동생이 닭강정
먹고 싶었다고 해서 맛있게 먹었다.
이 모든 일들이 과연 우연일까 운명일까?
우연과 운명이 정말 있을까?
내 생각에는 우연히 있어서 운명이 있는 것 같다.
우연이 쌓이고 쌓이면 운명이 되니까.
그리고 운명은 피해 갈 수 없으니까 하늘에서 주신 선물 같다.
'운명'이란 걸 줄 테니까 너의 인생을
바꿀 수 있는 기회를 놓치지 말라고 말하면서….

김민지

'우연'이 쌓이고 쌓이면 '운명'이 되니까.

2
사물에 말 걸기

내 앞에 얼마나
아름다운 길이 펼쳐져 있는지
나는 알 수가 없는걸요.

망원경

어른들은 나에게
망원경을 주었다
넓고 아득한 세상
더 멀리 볼 수 있도록

하지만요,
눈 바로 앞의 것도
나는 볼 수가 없는걸요
내 앞에 얼마나
아름다운 길이 펼쳐져 있는지
나는 알 수가 없는걸요

이유빈

예쁜 어르신이 타고 있어요

"초보운전입니다", "어린이가 타고 있어요" 등. 자신의 처지를 알리는 내용이라든지 아이디어가 돋보이는 차량용 스티커들이 굉장히 많이 등장하고 있다. 어느새 차량용 스티커란 초보 운전자나 어린아이를 태우고 다니는 부모들뿐만 아니라 자신의 자동차를 멋있게 꾸미고 싶어 하는 사람들의 필수 요소 중 하나가 되었다. 그런데 나는 문득 그런 의아함이 들었다.

"Baby in car", "어린이 보호"와 같은 어린이와 관련된 차량용 스티커는 수없이도 많은데 어째서 노인과 관련된 차량용 스티커는 존재하지 않는 걸까? 그렇지 않은가? 어린이와 관련된 차량용 스티커는 정말로 많다. 길을 걷다가 주차된 차들만 봐도 그렇다. 내 기억이 맞는다면 나는 단 한 번도 노인 관련 차량용 스티커를 본 적이 없다.

우리는 늘 보호받아야 하는 사람은 어린이뿐이므로 어린이들이 타고 있어야만 상대방이 양보를 해 준다고 생각하는 것 같다. 하지만, 노인도 어린이처럼 보호받아야 하는 존재이다. 차 안에 노인이 타고 있다면 어린이 차량용 스티커를 봤을 때와 마찬가지로 뒤차는 안전거리를 확보해야 하는 게 맞는 일이다.

노인을 위한 일자리 확대와 노인을 위한 좋은 복지 환경들. 우리나라는 이미 고령화 사회로 진입하면서 노인에게 주어지는 혜택들이 나름대로 좋은 편이다. 하지만, 아직까지도 사회에서의 노인은

노인도
어린이처럼
보호받아야 하는
존재이다.

배려받지 못하는 경우가 더욱 많다. 대중교통을 이용하는 노인을 보면서도 노약자석에서 일어나지 않는 사람들도 있고, 하물며 내 주변 사람들 중에서도 노인을 불편해하는 사람들도 있다. 노인에 대한 혜택이 아무리 좋아지면 뭐 할까. 그보다 더 중요한 건 더불어 살아가는 우리에게 노인이라는 존재가 익숙해져야 한다는 것이다.

나는 그런 익숙함을 줄 수 있는 존재가 우리 사회에 자연스럽게 스며드는 물건들이라고 생각한다. 차량용 스티커도 그런 존재가 될 수 있다. 어린이라는 단어가 우리에게 익숙하지 않았다면 우리는 과연 어린이를 보호받아야 하는 존재라고 생각했을까? "어린이 보호"와 같은 문구들을 흔하게 접하면서 그제야 비로소 우리는 어린이가 보호받아야 마땅한 존재라는 걸 알 수 있었다. 노인이라는 단어도 우리에게 조금 더 일상적인 곳에서 접하게 된다면 그런 존재가 될 수 있을 것이다.

입안에 담았을 때 가장 친근해질 수 있는 단어.
이제는 그 단어가 '노인'이 되어야 할 때이다.

장인서

매화

매화가
활짝 핀 봄

사람들은
하나둘씩
모여들어

아름다운
풍경에
넋을 놓는다

하지만
이 세상
어떤 꽃이
영원하겠는가

매화가
지고 난 뒤
여름

사람들은
무슨 나무였는지조차
기억하지
못한다

이유빈

사람들은
무슨 나무였는지조차
기억하지
못한다.

한 번 깨어지면
다시 돌아갈 수가 없구나.

돌멩이

큰 바위 깨뜨려 돌덩이
돌덩이 깨뜨려 돌멩이
돌멩이 깨뜨려 자갈돌
자갈돌 깨뜨려 모래알

그럼
모래알 모이면 자갈돌이 되고
자갈돌 모이면 돌멩이가 되나

그러다 바닥을 보니

아, 자갈돌이 모이면
많은 자갈돌이 되는구나

한 번 깨어진 돌멩이는
자갈돌이 아무리, 아무리 모여도
다시 돌멩이로 돌아갈 수가 없구나

아무리 합치려 들어도
한 번 깨어지면
다시 돌아갈 수가 없구나

문서영

지우개 인생

생각해 보면 지우개의 인생은 참 고달프다. 개성이라곤 전혀 찾아볼 수 없는 네모난 모양으로 공장에서 대량생산되어 태어난 후, 제각기 문구점에 배정된다. 그 뒤엔 문구점 진열대에서 누군가 집어 가 주기만을 바라며 지루한 나날이 이어진다. 마침내 누군가가 동전 몇 개를 들고 지우개를 집어 간다. 지우개를 데려간 주인은 처음엔 그를 고이 다루어 준다. 착한 주인은 몸을 종이로 감싸 주기도 한다. 그러나 이러한 상황이 계속되길 바라는 것은 헛된 소망이다. 사흘도 지나지 않아 주인은 점점 지우개를 막 다루기 시작한다. 수업 시간에 심심하면 샤프로 지우개에 구멍을 뚫고, 깔끔하게 만들겠다며 커터칼로 지우개를 성형시키기도 한다. 지우개 위에 낙서하는 것은 이미 예삿일이다. 지우개를 살 적에 소중히 다루겠다는 다짐은 물거품이 된 지 오래다.

지우개 몸에 구멍이 하나 뚫리면 그 뒤로 구멍이 2개, 3개 되는 것은 오래 걸리지 않는다. 구멍이 늘어나면 늘어날수록 지우개의 소중함은 잊혀진다. 온몸에 구멍이 송송 뚫린 지우개는 힘을 잃어 가고 점점 갈라진다. 갈라져 가는 지우개를 보고 충동을 못이긴 주인은 손수 두 동강 내 준다. 결국 몸이 둘로 갈라진 지우개는 글자를 지울 때마다 살점이 떨어져 나간다. 부피는 없어져도 모를 정도로 작아지고, 주인도 모르게 책상에서 떨어지면 사람들의 발에 채여 구석탱이로 이동한다. 그곳에서 먼지만 쌓이다가 자신을 발견한 청소 당번에 의해 쓰레기통으로 버려진다. 불쌍한 삶이다.

송현민

생각해 보면 지우개의 인생은 참 고달프다.

명찰

아침마다 졸린 눈을 비비며 발걸음을 재촉하는 게 이제는 당연한 듯 일상이 되어 버렸다. 그리고 또 하나 일상이 되어 버린 것.

"명찰 보여 주세요."

후문에 들어서자마자 선도부가 내게 건네는 아침 인사이다.

'난 명찰 달았는데….'

눈빛은 또 어찌나 날카로운지….

나를 가장 잘 표현할 수 있는 게 이름이라고 생각한다. 내 이름이 곧 나니까.

그렇게 생각하지만, 선도부와 아침마다 치르는 이 인사치레는 그리 달갑지는 않다.

명찰을 안 달면 학생답지 못한 건가?

요즘에는 세상이 하도 험악해서 웬만하면 밖에서는 명찰을 내 보이고 싶지 않다.

하지만 이런 내 마음을 아는지 모르는지.

게다가 3학년 명찰 색깔은 촌스럽게 연두색이다.

이러니 학생들이 명찰을 달고 다니지 않는 게 어렴풋이 이해가 된다. (물론 대부분은 명찰 다는 걸 까먹어서 안 단 거겠지만.)

하지만 나는 '벌점이 1점도 없는 학생'으로서,

학교에서 명찰을 달라고 하니 오늘도 어김없이 가슴팍에 박력 있게 명찰을 단다.

안민주

명찰을 안 달면 학생답지 못한 건가?

스마트폰

동영상도 보고 친구들과 카톡도 한다.

재미있다.

웃는다.

ㅋㅋㅋㅋㅋㅋㅋㅋ

앞을 본다.

무섭다.

나는 전혀 웃고 있지 않잖아.

무섭다.
나는 전혀 웃고 있지 않잖아.

카톡을 하고 있었다. 친구가 재미있는 이야기를 해 주었다. 웃겨서 웃었다.

'ㅋㅋㅋㅋㅋㅋㅋ'

그런데 나는 전혀 웃고 있지 않았다. 무슨 말인가 하겠지만 진짜 그랬다. 엄지손가락으로는 'ㅋ'을 연달아 누르면서도 얼굴은 무표정이었다. 거울을 보고 무서웠다. 나는 왜 웃으면서 웃지 않았을까? 그 친구랑 직접 만나서 이야기했다면 그러지 않았을 텐데.

사람이 웃으면 엔도르핀이 나와서 몸에 좋다고 한다. 과연 스마트폰으로 웃어도 엔도르핀이 나올까? 물론 그 이야기가 안 웃겼을지도 모르지만 그 친구와 직접 이야기했어도 나의 표정은 그대로일까? 역시 친구들과의 시시콜콜한 이야기는 만나서 하는 것이 가장 좋은 방법인 것 같다.

나는 그 이야기가 아닌 그 친구 때문에 웃는 거니까.

이채원

아, 따뜻하다

꾸역꾸역 입안으로 음식을 밀어 넣는 나처럼, 꾸역꾸역 문 안으로 사람들을 밀어 넣는 버스들.

식도를 통해 점점 밀려 내려가는 음식들처럼, 이리저리 치이며 우연히 출입구까지 와 있는 사람들.

발 디딜 곳조차 없는 이곳에서 유일하게 내 눈에 보이는 그곳은 자그마한 글씨로 써져 있는 '임산부석'.

주위를 한 번 스윽 둘러보고는 혹시나 하는 마음에 발길을 떼어 보는 그곳은 자그마한 글씨로 써져 있는 '노약자석'.

유혹을 겨우 떨쳐 내고는 결국 원래 서 있던 자리로 되돌아온다.

아쉬움이 남으면서도 어딘가 이유 모를 뿌듯함.

마음이 모난 사람처럼 보이던 '노약자석' 젊은이의 양보.

그에 대한 의아함이 남으면서도 어딘가 이유 모를 뿌듯함.

아직 세상이
따뜻하다는 증거.

오늘 하루 지쳤을 당신(自)의 아픈 다리쯤은 감수하고 자리를
양보하는 것.
버스 안 낯선 사람들과의 접촉이 이질적이면서도 먼저 다가가
자신의 자리를 권유하는 것.

자신보다 한 뼘은 작은 누군가를 위한 배려가 당연함에도 불구
하고
말 한마디에, 행동 하나에, 버스가 훈훈해지는 것은
아직 세상이 따뜻하다는 증거.

여름비를 맞은 습한 내가 버스에 올라탄다.
버스 안 습한 기운 물러갈 때쯤 떠오르는 말 한마디.

아—. 따뜻하다.

장인서

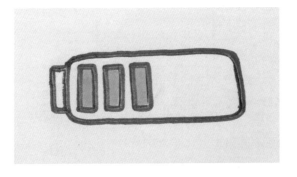

검은 화면처럼 되기 전에
얼른 충전하고 와야겠다.

배터리

배터리는 금방 쓰고 오랫동안 충전을 해야 정상적으로 다시 사용할 수 있다. 사람도 비슷한 것 같다. 에너지는 금방 닳아 버리지만 피로는 오랜 시간 동안 없어지지 않는다.

소문 중에 냉장고 속에 배터리를 넣어 놓으면 배터리가 줄지 않고 오래간다는 소문이 있다. 근데 나는 그 사실을 믿는다. 요즘 날씨가 정말 녹을 정도로 푹푹 찌고 더운데 에어컨이나 선풍기가 나오는 쪽에만 가 있어도 피로가 한 번에 쭉 없어지는 기분이 든다. 만약 피로를 풀지 않고 그냥 방치해 둔다면 핸드폰 배터리가 없어서 꺼지는 검은 화면처럼 되고 말 것이다. 검은 화면처럼 되기 전에 얼른 충전하고 와야겠다.

김한비

바람

흔들리지 않는 바람이 있다
누군가의 머리칼을 스쳐 가도
누구도 신경 쓰지 않아
보이지 않다 섞인다

말하지도 못한 비밀이 있다
자꾸자꾸 그 바람이 보여
누구도 믿지도 않아
숨기고 있다 잊는다

흔들리지 않는 바람이 있다
바람 속에 누군가의 기억들이
우리를 부르고 있어
모두가 외면

그 바람들이 닿을 수 있을까
나마저도 외면하는 바람들이
언젠가 닿아서 날려
각인되어 결국 보인다

평생 동안

김은수

보이지 않는다
섞인다.

그 반짝임에 내 가슴에도
수줍은 별빛이 반짝,
떠오른다.

별빛

모두가 잠든 한여름의 자정
그 고요함 속에서
살풋, 웃어 버린다

한가득 별을 머금고
반짝반짝 빛을 내는
수줍은 미소가 떠오른다

밤하늘 띄엄띄엄 자리한 별들 사이
나의 별을 하나 그려 넣으니
그 반짝임에 내 가슴에도
수줍은 별빛이 반짝, 떠오른다

모두가 잠든 한여름의 자정
당신의 별빛에 은은한 가슴으로
오늘도 편안히 눈을 감는다

문서영

돈

사람들은 항상 말한다.
"돈만 있으면 내가 저거 할 수 있는데…"
또 사람들은 말한다.
돈이 이 세상에 전부라고,
돈만 있으면 무엇이든지 할 수 있다고.
그런데 나는 생각했다.
'돈이 있어도 사람들이 내 주위에 없으면 어떻게 살지?'
'돈이 있는데 사람들이 내 돈만 보고
나는 안 봐 주면 어떡하지?'
이렇게 생각하면서도 어느샌가 나도 사람들의 말에
수긍하고 있다. 못된 생각이란 걸 알면서도,
돈보다도 가치 있는 것이 훨씬 더 많은 것을 알면서도
나는 왜 이 말에 수긍했는지 모르겠다.
나는 아직 어려서 큰돈이라고는 10만 원밖에 모르지만
사람들에게 말하고 싶다. 세상에는 돈이 전부가 아니라고,
우리 눈에 보이지 않는 것들이 돈보다 더 가치 있는 것들이
있다고,
그러니까 너무 돈에 집착하지 말라고…
그런데 어쩌면 이런 말에 수긍한 나도,
돈의 가치도 아직 잘 모르는 나도 사람들이랑
같은 사람인가 보다.

김민지

어느샌가 나도 사람들의 말에
수긍하고 있다.

자판기

갑자기 목이 말라 자판기를 향했다

자판기 안의 음료는 가지각색 다양하지만
항상 뽑는 음료는 정해져 있다
괜히 맛있어 보인다는 호기심에
새로운 맛을 시도했다가
맛이 없으면 어떡할까 하는 두려움 때문이다

한 번은 새로운 맛이 궁금해
평소처럼 늘 마시던 음료를 뽑지 않고
맛있을 것이라 생각해 왔던 다른 것을 뽑았다

하지만,
상큼한 복숭아향이 감돌 줄 알았는데
인공적이고 독한 향이 나더라는 것이다
상쾌하고 맑은 맛이 날 줄 알았는데
들쩍지근하고 탁한 맛이 나더라는 것이다

그래서 다음부터는 새로운 시도를 하지 않고
매일 먹던 음료를 뽑아 먹게 되더라
괜히 내 맘에 들지 않을까, 맛이 없을까 걱정이 돼서

사실 인생도 똑같다

왜냐하면,
현실보다는 상상이 훨씬 더
달콤하니까.

시도하기 전에는 다 좋아 보이는 게 인생이다
하지만 상상해 왔던 것하고는 항상 다르더라
해 보기 전에는 그저 달콤할 줄만 알았는데
결과는 무엇보다 참혹하고 잔인하더라

뽑기 전에는 모른다
이 음료가 달콤할지, 새콤할지, 반대로 씁쓸할지

그래서 나는 섣불리 시도하지 못하고
그 음료는 달콤할 것이다,
무엇보다도 좋은 맛이 날 것이다,
그렇게 상상만 하는 것이다 그렇게, 상상만

왜냐하면, 현실보다는 상상이 훨씬 더 달콤하니까

이유빈

홀로 기차를 탔다

짐은 내 몸과 카메라가 전부였다
반복적이고 계획적인 일상에 지쳐
한 번쯤은 미친 짓을 해 봐도 좋겠다고 생각이 들었다

기차가 주는 특유의 감성이 나는 좋았다
덜컹덜컹 차의 흔들림도, 창밖으로 보이는 예쁜 풍경도
마치 내 일상 속에서 잠시나마 벗어난 느낌이었다
항상 꿈꿔 왔던 나만의 세계에 온 것 같은 느낌이 들었다

어쩌면, 나는 상상 속에 갇혀만 사는 사람일지도 모르겠다
항상 현실을 부정하며 나의 불운을 욕하는 사람
내 마음대로 일이 풀리지 않으면 짜증부터 나는 사람
그래서 매일, 꿈을 꾸는 것이다 상상 속에 나를 가두는 것이다

그러고는 기도한다 이 달콤한 꿈에서 깨지 않기를
상상 속에서 깨어나 잔혹한 현실을 마주하게 되지 않기를

벨이 울렸다 종착역이었다
나는 성급히 짐을 싸 들고 출구를 향해 달려갔다
그러고는 역에 내렸다 이곳이 어디인지 나는 모른다
그럼에도 나는 달리고 또 달렸다 어딘지도 모를 이곳을

이곳이 어디인지는 중요하지 않아
그냥, 내가 현실에서 벗어날 수만 있다면, 그걸로 만족한 거야

이유빈

벨이 울렸다.
종착역이었다.

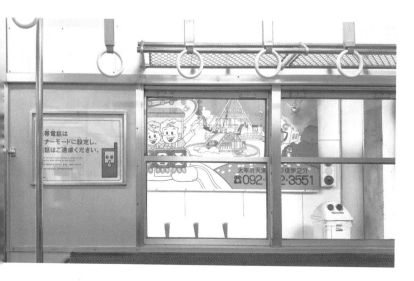

향수·1

향긋한 냄새
기분이 좋아진다

원래의 향기는
어땠을까?

너무 강한
아름다움

모두 같은
아름다움

모든 걸 다
감추어 버린다

본래의 모습이
사라져 간다

본래의 내 모습

이채영

모든 걸 다
감추어 버린다.

향수 · 2

누군가에게 향수는
자신의 매력 포인트가 될 수 있고
누군가에게 향수는
자신의 아픈 첫사랑의 기억일 수도 있다.

누군가에게 향수는
자신의 잘나갔던 젊은 시절을 떠올리게 하고
누군가에게 향수는
그립고 그리운 나의 어머니일 수도 있다.

어떤 향수는
은은하고 포근해서
몇 번이고 뿌리며 되새기고 싶은 향을 갖고 있지만

어떤 향수는
독하고 매혹적이라서
한 번만 뿌려도 그 주변 모두에게 강렬한 인상을 남기게 해
준다.

나는 향수 같은 사람이 되고 싶다.

김수정

나는 향수 같은 사람이 되고 싶다.

끈끈이

아직 생을 마감하지 못한 벌레들이 마지막 몸부림을 친다. 불쌍함도 잠시 조금의 쾌락. 벌레를 잡는 방법에는 많은 방법이 있다. 그 중 끈끈이는 내게 가장 잔인해 보인다.

잡힌 벌레를 보며 느끼는 쾌락(나방들이 타닥거리며 타는 소리를 들을 때에도 비슷하다), 한두 마리가 아닌 많은 벌레들이 한 번에 죽어 가는 모습. 끈끈이는 바퀴벌레, 쥐 등 사람들이 내쫓고 싶어 하는 것들을 모조리 붙여 버린다. 난 끈끈이를 보며 전에 보았던 벤치에 관한 글이 떠올랐다. 전철역 벤치에는 칸마다 손잡이가 붙어 있다. 그 이유에는 노숙자들이 눕지 못하게 하려는 이유도 있다. 대부분의 사람들이 편하다고 생각했고, 나도 그렇게 생각했는데, 힘이 없는 사람들을 지하철역에서조차 내쫓는다는 생각에 마음이 쓰렸다. 또한 끈끈이에는 예기치 못한 사고로 소쩍새의 다리가 붙어 모조리 부러지기도 하고, 아기고양이들의 얼굴이 끈끈이에 뒤덮여 숨을 헐떡거리다가 죽어 가기도 한다. 오직 인간의 기준에서 피해가 된다는 이유로 엉뚱한 것들이 죽어 가고 있다. 물론 이 엉뚱한 것들에는 벌레, 쥐도 모두 포함되어 있는 것이다.

내가 이렇게 말한다고 해서 벌레를 좋아하는 것은 아니다. 다만 이곳저곳에서 눌려 죽고, 약에 죽고, 끈끈이에 붙어 죽는 벌레들을 생각하면 이렇게 말해 주고 싶다. '미안해'

아주 먼 미래, 벌레들의 힘이 세진다는 생각을 해 보았다. 생각만 해도 소름이 돋는다. 인간이 가장 먼저 제거될 것이다. 아주 잔인하게.

이채원

끈끈이에 붙어 죽는
벌레들을 생각하면
이렇게 말해 주고 싶다.
'미안해'

그대로 천장에 머리를 받아 버렸다.

침대

말 잘 듣는 착한 어린이였던 나.
어른들이 침대에서 뛰면 안 된다기에
침대에서 뛰면 세상이 무너지기라도 하는 줄 알고
절대 침대에는 두 발 딛고 서 보지도 않았다.
이제 와서 갑자기 침대에서 뛰어 보고 싶어
침대에 올라갔다가

쿵

그대로 천장에 머리를 받아 버렸다.

문서영

버스 안

　더운 여름날 버스정류장 나무 의자에 걸터앉아 있자니 찌는듯한 열기에 얼굴이 저절로 찌푸려진다. 짜증이 나다 못해 화까지 나려던 때에 그제야 '우-우-웅' 요란한 소리를 내며 64번 버스가 내게 달려오는 것이 보인다.

　버스를 기다리는 동안이 정말 괴로웠기에 버스기사 아저씨를 한 번 흘겨보고 천 원짜리 지폐를 우겨 넣는다. 그리고 자리를 찾으려 주위를 둘러보니, 한 자리씩 꿰찬 각양각색의 사람들 모습이 내 시야에 들어온다.

버스 안도 작은 세상이나 다름없다.

아이를 자리에 앉히고 자신은 봉에 기대서서 아이를 보는 아주
머니

노약자석에 앉아 창밖을 쳐다보고 계시는 할머니

뒷자리엔 손을 잡고 도란도란 애기를 나누고 있는 연인

귀에는 이어폰을 꽂고 휴대폰만 내려다보고 있는 학생

깔깔 웃으며 신나게 수다를 떠는 내 또래의 여학생들….

빈자리에 앉아 가만히 생각해 보니 재밌다.

나는 아주머니를 보며 모성애와 따뜻함을 느꼈고

창밖에 시선을 고정하고 계시는 할머니를 보며 외로움을 느
꼈다.

그리고 연인을 보며 조금 밥맛이긴 하지만 젊음을 보았고

휴대폰에 빠진 학생에게서 안타까움을 느꼈고

여학생들을 보며 교실에서 친구들과 수다를 떠는 나를 보았다.

버스 안 사람들의 모습을 보며 수백 가지의 감정과 생각들이 교
차했다.

또 깨달음을 얻었다.

버스 안도 작은 세상이나 다름없다.

생각에 생각을 거듭하다 보니 어느새 우리 집 앞 정류장에 가
까워져 간다.

황급히 삐-소리와 함께 하차를 알리는 벨을 누른다.

버스 문이 열리고 나는 또 다른 세상에 발을 내딛는다.

안민주

바퀴벌레야 왜 사니

바퀴벌레는 왜 사는 걸까? 지금까지 속으로 여러 번 생각해 보았지만 아무리 생각해도 답이 안 나온다. 아마 답이 없어서 그런 것 같다. 그냥 태어났으니까 죽을 때까지 사는 거겠지. 생태계를 구성하기 위해 태어난 것 같진 않다. 나는 바퀴벌레를 정말 싫어한다. 이건 꾸밈이 하나도 첨가되지 않은 순도 100%의 내 마음이다. 벌레가 나타났다고 해서 엄청나게 난리법석을 떨면서 거부감을 표현하진 않지만 속으론 정말 싫어하고 있다. 정말 왜? 왜 태어나서 사는 걸까? 바퀴벌레를 싫어하는 이유를 여러 개 늘어놓을 것도 없다. 정말 좋을 이유가 없지 않은가. 원래 바퀴벌레뿐만 아니라 모든 벌레에 대해서 그런 생각을 했는데, 이 글을 쓰면서 바뀌었다. 왜냐면 생각해 보니까 연지벌레는 딸기우유를 만드는 데 쓰인다. 바퀴벌레와는 달리 어쨌든 쓰임새가 있다. 세상엔 내가 알지 못하는 열심히 살고 있는 벌레들이 많을 테니까 확실히 사는 이유가 없는 바퀴벌레를 비판하겠다. 억울한 벌레가 나오는 것을 막기 위해서다.

우리 집에 바퀴벌레가 한창 많이 나올 때가 있었다. 지금 사는 집에 이사 오기 전까지는 바퀴벌레 구경조차 한 적이 없었다. 그런데 어느 날 부엌 싱크대에서 처음 바퀴벌레를 보았다. 크기는 그다지 크지 않았다. 약 1cm 정도 되는 것이 주로 출몰했다. 어두운 갈색의 타원형 몸통, 거기에 붙어 있는 가느다란 다리들이 기분을 불쾌하게 만들었다. 그들은 움직임이 민첩해서 잡기도 힘들었는데, 제일 싫었던 건 하필 부엌에 주로 살아서 느끼지 않아도 될 불안감을 느껴야 했던 것이다. 난 음식에 바퀴벌레가 기어 들

난 지구멸망은 원치 않으니
그저 바퀴벌레가 내 눈에만 띄지 않기를 바란다.

어가 있을까 봐 꽤나 걱정했다. 밥을 먹다가 왠지 낯선 식감이 느껴지면 혹시 바퀴벌레인가 싶었다. 그래도 정말 바퀴벌레를 먹은 것 같진 않다. 다행이다. 만약에 먹었어도 모르고 먹었으니 다행이다. 후로 바퀴벌레 끈끈이를 싱크대 곳곳에 설치해 두니 눈으로 보이는 바퀴벌레 수는 현저히 줄어들었다. 그러나 요즘도 가끔 가다 싱크대에서 출몰하는 것을 보니 싱크대 뒤에 우글우글 숨어 살고 있는 듯하다. 바퀴벌레 입장에서는 식구들이 외출하고 도통 돌아오질 않으니 밖에 무언가 위험한 것이 있다고 생각했을 거다. 그렇게 생각해 보면 지능이 조금은 있는가 보다. 정말 생명력이 끈질기다.

바퀴벌레의 천적은 누구일까. 천적이라 하면 잡아먹는 것이 천적인데, 어떤 동물이 바퀴벌레를 먹고 싶어 할까? 그 생김새가 전혀 식욕을 자극하지 않으니 아마 없을 거다. 어떤 동물의 먹잇감도 되지 못하면서 왜 존재하는 건지. 바퀴벌레가 한 순간에 멸종된다 해도 세스코 빼고 아무 지장이 없을 것 같다. 검색해 보니까 쥐와 거미가 바퀴벌레를 먹기도 한다는데, 꼭 바퀴벌레가 아니어도 먹을 게 많을 테니 쥐와 거미도 바퀴벌레 멸종에 동의할 것이다. 내가 이렇게 바라도 바퀴벌레 생명력은 엄청나고, 멸종을 하더라도 그 시기가 지구멸망과 동시일 거다. 난 지구멸망은 원치 않으니 그저 바퀴벌레가 내 눈에만 띄지 않기를 바란다.

송현민

필통나라 이야기

필통나라에는 다양한 필기구들이 살고 있었어요. 그중 연필은 필통나라에서 가장 바빴어요. 매일 아침 주인님의 나라에서 종일 일을 하고 오면 한밤중이었지요. 하지만 연필은 그런 생활이 아주 좋았어요. 왜냐하면 필통나라에서는 쓸모없는 필기구는 서랍나라로 추방되었거든요. 서랍나라는 한 번 들어가면 다시는 돌아올 수 없었어요. 추방된 필기구 중에 한두 개가 탈출한 적이 있었지만 그 후는 아무도 그들의 소식을 알지 못했거든요. 그래서 필통나라에 사는 모든 필기구들은 주인님에게 고용되길 기다리며 매사에 열심히 살았어요.

연필은 매일 아침 지우개와 책상에 올라가 하루 종일 일을 했어요. 자신의 흑심을 꺼내 하얀 종이에 주인이 시키는 대로 따라갔어요. 간혹 심이 부러지면 자신의 피부를 깎아 흑심을 몸 밖으로 빼어 썼어요. 그래도 마냥 좋았어요. 지우개도 연필을 따라다니며 살갗이 찢어지고 금방이라도 불이 날 것처럼 피부가 달아올라도 그저 웃으며 열심히 일했어요.

어느 날, 연필이 평소처럼 책상에 올라와 일을 했지만 지우개가 보이질 않았어요. 걱정하고 있던 연필에게 볼펜들은 지우개가 더 이상 움직일 수도 없게 작아져 버려졌다고 전해 주었어요. 연필은 책상을 떠나 지우개를 찾기 시작했어요. 어딘지도 모르는 곳을 한참 헤매다 쓰레기통을 발견했어요. 그곳은 서랍나라와는 비교할 수가 없었어요. 그 구멍 속에는 주인의 손톱으로 추정되는 뾰족한 무언가가 머리카락과 찢긴 휴지들에게 뒤엉켜져 무시무시한 구렁텅이를 만들고 있었어요. 하지만 연필은 그 사이에 힘없이 엉켜

필통나라에는 다양한 필기구들이 살고 있었어요.
그중 연필은 필통나라에서 가장 바빴어요.

있던 지우개를 발견하고 테이프로 지우개를 붙여 올렸어요. 연필은 가까스로 구한 지우개가 죽지 않도록 열심히 간호했지만 지우개는 조용히 웃으며 죽어 버렸어요.

연필은 너무 슬퍼서 울며 필통나라로 다시 돌아갔어요. 하지만 필통나라에 있던 연필의 친구들은 더 이상 없었어요. 모두들 연필을 무시하고 모르는 척했어요. 처음에는 화나고 억울했지만 이내 자신이 없는 사이 샤프라는 아이가 제 역할을 대신해 살고 있었다는 것을 깨달았어요. 연필은 불안해져 자신의 몸을 가꾸어 주인을 기다렸지만 다시는 책상에 올라갈 수 없었어요. 문득 주위를 둘러보자 볼펜들도, 형광펜들도 바쁘게 살았어요. 연필은 더 이상 자신이 이 세상에 있어도 쓸모없다는 것을 깨달았어요.

모두들 자는 한밤중 연필은 조용히 일어나 자동연필깎이 쪽으로 다가갔어요. 그 어둡고 컴컴한 구멍을 조용히 쳐다보며 희미하게 웃던 연필은 곧 커다란 기계음 소리와 함께 뛰어내렸어요. 자신의 발끝부터 서서히 깎이는 고통이 시작되자 연필은 지우개를 생각했어요.

'지우개야, 이젠 우리를 고통스럽게 하지 말자. 이젠 남들과 다르게 우리가 좋아하는 곳으로 가서 행복하게 지내자…'

하늘이 유난히도 밝은 밤, 한 방울 눈물이 또르르 흘러내리는 소리가 들렸어요.

김수정

소주

나는 사이다가 좋다. 혀끝에 닿는 순간 달콤함과 톡 쏘는 맛이 좋다. 마치 우리가 사이다를 마시듯이, 어른들은 소주를 아주 맛있게 마신다. 얼굴을 찌푸리면서도 "크으!" 하며 한 잔을 들이켠다. 궁금한 마음에 젓가락에 한 번 콕 찍어 혀끝에 다가가는 순간 쓴맛이 내 입안을 지배한다. 마치 소독약을 먹은 느낌이 기분이 썩 좋지는 않았다.

몸에도, 맛도 좋지 않은 소주를 왜 마시는 걸까 곰곰이 생각해 보았다. 아마도 인생의 쓴맛을 느껴 본 어른들은 소주의 쓴맛이 인생의 쓴맛에 가려져 달콤하게 느껴지는 것이 아닐까? 정말 그게 진짜라면 나는 나중에 어른이 되어서도 여전히 소주보다 사이다가 더욱 달콤하게 느껴지기를.

이채영

나중에 어른이 되어서도
여전히 소주보다 사이다가 더욱 달콤하게
느껴졌으면 좋겠다.

팥빙수

팥빙수를 자세히 보면
무지개가 떠오른다.

어렸을 땐 팥을 좋아하지 않아서 빙수에 있는 얼음만 먹었던 기억이 난다. 언니는 나를 이상하게 봤지만 팥보단 시원하고 아삭아삭한 얼음이 나는 정말 좋았다. 하지만 지금은 팥빙수 백 개를 갖다 놔 줘도 하루 만에 다 먹을 수 있을 듯한 자신감이 생긴다.

팥빙수를 자세히 보면 무지개가 떠오른다. 보석같이 하얗고 시원한 얼음과 비빔밥같이 화려한 색색깔의 과일들, 내 볼같이 쫀득쫀득한 떡, 흑진주 같은 반짝반짝 달콤한 팥이 모여서 무지개를 보고 있는 것 같은 느낌이 든다.

그래서 나는 무지개 같은 황홀함을 팥빙수에서 느낄 수 있어서 팥빙수가 정말 좋다. 게다가 팥빙수를 하도 먹어서 팥빙수 집 쿠폰을 다 모아 버렸다! (속닥속닥)

배탈이 나면 팥빙수를 먹을 수 없게 되니까 적당히 먹는 습관도 길러야겠다.

김한비

글에게 전하는 애정

　자립심이 없다고 한다. 시도해 본 적이 없을 뿐인데. 잘 알지 못하는 그 입으로 나에게 심각하다 말하는 사람. 공감능력이 떨어진다고 한다. 솔직한 것인데. 그런 말에 누구에게도 함부로 하지 않으려 자신이 없어진다. 그럼에도 함부로 말하는 사람. 눈빛이 사납다 한다. 너를 바라본 건 아닌데. 자신이 착각하면서 나에게 화를 내는 사람. 이런 생각은 나의 나쁜 습관이었다. 사실 그 누구에게도 잘못은 없었다. 아무 말 않고 있으면 아무도 모르기에, 투정은 나에게 돌아온다. 돌아온다면, 더 아파 올 뿐이었다. 그래서 간직하는 것이 편했다. 그렇게 되니 사람을 미워하지 않게 되었다. 미움의 대상이 될 일도 없었다. 애정을 주는 사람들도 있었지만, 나에게 필요한 것은 사실은 말동무 같은 존재, 그러니까 털어놓을 사람일 뿐이었다. 이것도 나의 불만이고 투정일 뿐이니 신경 쓰지 않아도 된다. 이런 존재였던 글에 애정을 품게 된 순간은 지금이다. 글, 너를 정리하는 행동을 하면서 조금 더 성숙해진 것 같아. 짧은 글로 너에게 애정을 전해. 앞으로도 함께할 수 있다면 좋을 것 같아.

김은수

사실 그 누구에게도
잘못은 없었다.

그네

더 나아가려면
뒤로 더 나아가야 한다.

앞으로 나아갈 때면
그만큼 뒤로 나아가야 한다

더 나아가려면
뒤로 더 나아가야 한다

내 미래를 위해
한 걸음 두 걸음 뒤로 물러서
앞으로 한 걸음 두 걸음 나아가야겠다

김성령

우물 안 개구리

지구본을 바라보았다
내 손 안에 있다
나는 보이지 않아
내가 사는 집도
내가 다니는 학교도
내가 사는 도시도 보이지 않아

이렇게나 큰데
내 손 안에 있는
나보다 훨씬 더 작은
이 조그마한 지구본에서
조차도 나는
보이지 않아

박채윤

나는
보이지 않아.

죽어 간 별의 흔적

'사람의 뼈를 구성하는 물질들은 우주 초기의 별이 죽을 때 발생된 물질이다.' 과학 다큐멘터리를 한 편 보았는데 저 문장이 기억에 남는다. 조금 더 찾아보니 별은 죽을 때 원소를 우주에 되돌려 준다고 한다. 우리 몸을 구성하는 원소(산소, 탄소, 수소, 질소, 칼슘, 인, 칼륨, 황, 마그네슘, 나트륨 등)가 바로 그것이다. 저 원소들이 모두 빅뱅과 별에게서 기원한 것이라 한다. 몇 억 년 전 우주에서 죽어 간 별들과 내가 연관되었다는 사실이 신기하다. 몇 억 년 전이라 하면 감을 잡기도 힘든 먼 시간인데, 그때 별이 죽음으로써 내가 존재하는 것이다. 갑자기 내 몸의 존재가 흥미롭다. 내가 볼 때는 그냥 살이고 뼈인데 별이랑 같은 원소로 이루어져 있다.

사람이 죽으면 별이 된다는 말. 그저 죽음을 위로하기 위한 말

은 아니라는 생각이 든다. 사람은 죽으면 땅으로 가고 이 별의 일부가 된다. 그리고 지구도 언젠가는 몇 억 년 전 별들처럼 죽을 것이다. 우리는 별의 죽음에 의해 형성되었다. 별이 죽고, 만들어진 물질들이 돌고 돌아서 생물이 되고 그것이 진화하여 내가 되었다. 그리고 내가 죽으면 다시 별이 된다. 하늘에 고고히 빛나는 별이 된다는 건 나쁘지 않다. 왜냐면 별은 예쁘니까. 대기 오염과 도시의 빛 때문에 하늘에 촘촘히 박혀 있는 별은 보지 못하지만, 밤하늘에 몇 개 보이는 별들은 희소성이 있다. 그 별을 볼 때 기분이 좋지도 나쁘지도 않다. 군이 따지면 울적하다. 아마 별을 볼 땐 밤이라 그런가. 나쁜 기분은 아니다.

송현민

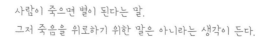

사람이 죽으면 별이 된다는 말.
그저 죽음을 위로하기 위한 말은 아니라는 생각이 든다.

커피

9시가 되기까지 조금 여유가 있는 시간, 난 교실에 들어선다.

나와 이름이 같은 짝 민주가 내게 인사를 건넨다.

"민주야, 안녕!"

나도 손을 흔들어 보이며 간단히 인사를 하고 책상에 가방을 내려놓는다.

어깨가 시큰하다. 동그랗게 주먹을 말아 쥐고 어깨를 두드리다가 무심코 짝 민주 책상 위에 놓인 커피우유에 시선이 간다.

'오늘도 어김없이 커피우유네.'

민주 책상에는 커피 음료나 커피우유가 하루도 빠짐없이 놓여 있다.

언젠가 내가 물어보자 커피가 맛있어서 좋다고 대답했었다.

사실 민주의 커피 사랑에 나는 공감이 되지 않는다.

내가 이제껏 마셔 본 커피라고는 호기심에 뽑아 마신 자판기 밀크커피뿐이니….

우리 엄마도 커피를 꽤나 좋아하시는데 졸음을 가시려고 마시는 건지, 맛있어서 마시는 건지 잘 모르겠지만 아마도 후자일거라 생각이 된다.

하지만 나는 항상 커피를 보면 피곤에 찌든 회사원들이 떠오른다.

아무래도 드라마나 만화 같은 데서 보면 야근하는 직원이 옆에 커피를 두고 마신다거나, 피곤하다는 걸 표현하기 위해 산처럼 쌓인 빈 커피 잔들을 그려 넣은 장면을 보며 영향을 많이 받은 것 같다.

피곤의 상징,
난 너 안 마셔.

하지만 주위를 조금만 둘러보아도 커피가 우리의 문화로 완벽히 녹아들었다는 것을 알 수 있다.

손님을 대접할 때 우리는 커피를 마시고 식후에도 커피를 마시고 요즘에는 학생들이 커피를 마시는 것도 역시 당연하게 여겨진다.

그래도 여전히 나의 커피에 대한 편견이 쉽사리 사라지지는 않는다.

왠지 커피를 마시면 피곤한 회사원이 된 느낌이랄까.

몇 번 마셔 본 적도 없지만, 아무튼 그렇다.

하지만 커피 향을 맡으면 기분이 좋아지는 것을 보아 나도 제대로 된 커피를 마시기 시작하면…

짝 민주와 내 책상에 커피우유가 나란히 놓이는 날이 올 수도 있을 거라 생각된다.

지금 짝 민주 책상에 놓여 시침을 떼고 있는 커피우유를 눈에 힘을 주고 바라본다.

"피곤의 상징, 난 너 안 마셔."

안민주

그림자

한 걸음
한 걸음
누군가 계속 따라온다

식은땀을 흘리며
안간힘을 써 도망쳐도
네 뒤에 있어

김수정

네 뒤에 있어.

3
내일에 말 걸기

유년기

하늘을 날고 싶다. 저 달을 가지고 싶다.

과학적으로나 사실적으로나 지금 생각해 보면 말도 안 되는 허상의 소원들에 불과하지만 그 시절, 어릴 적의 나였기에 가능했던 소원들이 아니었을까 합니다.

지금의 나를 그리고 당신을 보아요. 저런 소원들을 들었을 때 무엇이 먼저 떠오르던가요. 앞서 이야기했던 것처럼 과학적으로 혹은 사실적으로 먼저 따져 보려고 하지는 않았는지 모르겠습니다.

당연한 거예요.

우리는 더 이상 허상을 꿈꾸기에는 참 많이 컸거든요. 아니, 어쩌면 우리는 많이 변질된 걸지도 몰라요. 푸르른 하늘을 보고 저 위에 구름을 잡아 보고 싶어 했던, 캄캄한 밤하늘 반짝이던 달과 별을 가져 보고 싶어 했던 지난날의 우리는 도대체 어디 있는 걸까요? 독립적이었던 우리가 한 무리에 들어갔을 때부터? 아니면 이 땅에 태어나던 그 순간부터? 무엇이 되었든 지금의 우리는 그때의 우리가 아니라는 거겠죠.

만약 달을 잡고, 하늘을 날고 싶어 하던 그때로 돌아간다면 당신의 기억 속에 있는 그 시절로 다시 돌아간다면 당신은 무엇을 하기 원하나요? 어딘가에 내포되어 있을 우리의 그 시절을 찾아봐요. 지금 바로 내 손을 잡아요. 나는 당신의 Childhood이니까요.

장인서

무엇이 되었든 지금의 우리는
그때의 우리가 아니라는 거겠죠.

바보상자

"너 숙제는 다하고 그렇게 하고 있니?"

한창 TV에 집중하고 있는 나에게 엄마의 잔소리는 뇌를 거치지 않고 오른 귀로 들려와 왼 귀로 흘러 나간다.

"네?!"

되묻는 말에 웃느라 힘껏 치솟아 있던 광대가 슬슬 내려오며 입꼬리가 처진다.

재미있는 프로를 보느라 행복에 취해 있을 때의 엄마의 잔소리는 내게 얼음물 한 바가지를 얻어맞은 것 같은 기분을 안겨 준다.

나의 취미는 TV 보기이고 특기 또한 TV 보기이다.

진짜 책 편식 음식 편식은 해도 TV프로그램 편식은 하지 않는다.

누군가는
바보상자라고 하지만
나에겐 꿈상자라고도
할 수 있다.

그만큼 나는 어릴 적부터 TV 보는 것을 심하게 좋아했다.

하지만 대개 어른들은 TV를 볼 때면 아무 생각이 없어지기 때문에 바보가 되는 것이라고 TV는 바보상자라고들 한다.

어쩌면 맞는 말이겠지만 내 경우에는 조금 다르기에 난 이 말에 동의하지 않는다.

사실 처음에는 단순히 재미를 위해서만 보던 TV였지만, 내가 작가라는 꿈을 품게 된 뒤 방송작가라는 직업을 알게 되었고, 그 후의 TV는 내게 재미만을 주는 가벼운 존재만은 아니게 되었다. 방송작가가 되고 싶다는 생각을 한 뒤부터는 드라마를 보면서도 설레기만 하는 게 아니라 어떻게 저런 시나리오를 구상해 냈을까 감탄하기도 하고 각종 예능을 보며 다양한 기획에 또 감탄을 하기도 했다.

누군가는 바보상자라고 하지만 나에겐 꿈상자라고도 할 수 있다.

그러니 TV에 빠져 사는 나를 보고 누가 잔소리를 한다면 나는 당당히 이렇게 말할 것이다.

"아니오! 저는 지금 꿈을 꾸고 있습니다!"

오글거리기도 하고 좀 억지인 것 같기도 한데, 어찌 보면 맞는 말이니까. 하하.

꿈상자가 켜지고 내 얼굴에는 온통 미소가 번진다.

안민주

여우보단 곰

"다른 아이들에 비해 매우 인정이 많은 사람입니다. 사람을 순수하게 좋아하고 친밀한 관계를 유지하려고 합니다."

내 성격 검사 결과표에 나온 내용이다. 털 많은 사람이 정도 많다고 했던가. 나는 어렸을 때부터 한 번 정을 주면 쉽게 떼지 못했고 사람과 헤어지는 것을 제일 슬퍼했다. 내 팔다리에 가득한 털들 만큼, 나는 정말로 정 많은 사람이다.

내가 유일하게 엄마가 원하는 대로 되지 않은 게 바로 내 정이다. 엄마는 내가 여우가 되기를 바랐다. 빠릿빠릿하게 눈치를 보면서 내 것을 챙기고, 친구들을 경쟁 상대로 생각하며 최고의 자리에 앉기를 바랐다. 하지만 나는 그렇게 되지 못했다. 다만 둥글둥글 잘 웃으며 내 것까지 남에게 내어 주고, 친구들의 공부를 도와주며 행복해하는, 그런 곰 같은 사람이 되었다. 성적, 학교, 장래 희망… 그 어느 것도 엄마가 원하는 대로 되지 않은 게 없었지만, 내 넘치는 정만큼은 엄마도 어쩔 수 없었다.

나는 이 정을 남들에게 아낌없이 주는 사람이 되고 싶다. 나 혼자 가지 않고 다른 사람들을 껴안고 모두 함께 나아가는 삶을 살고 싶다. 어떤 직업을 갖게 되든지 나는 사람을 사랑할 수 있는 사람이 되고 싶다.

엄마는 내가 내 것을 챙길 줄 아는 여우가 되길 바라지만 나는 조금은 바보 같아도 둥글게 사랑할 줄 아는 곰인 내가 더 좋다.

문서영

나는 조금은 바보 같아도
둥글게 사랑할 줄 아는 곰인 내가 더 좋다.

나는 '사회에 도움이 되는 사람'이 되고 싶다.
특히 약한 동물들을 도와주며 살고 싶다.

꿈의 일부

내 꿈은 '무엇'이 아니다. 내 꿈이 고작 미래의 직업뿐만은 아니다. 사소한 것 하나하나가 내 꿈이라고 생각하고 하루하루를 살아가면 꿈을 이루어 나가며 살아갈 수 있다. 얼마나 멋진가. 이미 꿈list도 완성했고, 추가해 나갈 계획이다. 이렇게 꿈list도 쓰고 하고 싶은 것도 많지만 난 아직 불안하다. 어쩌면 나는 위의 글처럼 생각하고 싶은 것일지도 모른다.

나는 왜 불안할까? 아직 꿈을 직업이라고 생각해서일까? 나는 '사회에 도움이 되는 사람'이 되고 싶다. 특히 약한 동물들을 도와주며 살고 싶다. 그렇기에 나는 나의 꿈을 쓰라는 종이에 망설임 없이 '수의사'를 적어 냈다. 내가 불안하기 시작한 것은 그때 부터일지 모른다. 난 그 후 도서관에 가면 수의사에 관한 책을 골라 읽고, 초록창에 '수의사가 되는 법'을 검색해 보았다. 그러고는 혼자 미래에 수의사가 된 내 모습을 상상해 보며 행복해하기도 하고, 고등학교 때 받아야 하는 등급을 보고 좌절하기도 했다. 그걸 보고 난 내 꿈을 숨기기도 했었다. 지금 다시 그때를 되돌아보니 참 한심하다. 난 미래는 걱정하지 않기로 했다(지금부터!). 열심히 최선을 다해 꿈list도 이루어 나가고, 장래희망에도 달려갈 것이다. '내가 하고 싶은 일인데 뭐 어때!'

수의사는 내 꿈의 전부가 아니다 일부일 뿐이다.

이채원

꿈 직업 꿈

언제부턴가 나에겐 꿈이란 단어보다 직업이란 단어가 더 친근하다. 어렸을 때는 '커서 어떤 사람이 되고 싶나?'란 질문에 '나는 내가 스스로 뿌듯하고 가치 있는 사람이 되고 싶다'고 생각했다. 절대 직업을 떠올린 적은 없었다. 하지만 요즘 이런 질문을 받으면 아무리 생각해 봐도 직업으로밖에 연상되지 않더라.

며칠 전부터 이 '꿈'이라는 주제로 글을 쓰라는 말에 직업 말고 내가 정말 어떤 사람이 되고 싶은지를 생각해 보았다. 그러는 중에 내가 항상 목표하던 것이 떠올랐다. 청렴결백하고 남다르게 사는 것과 항상 웃으면서 사는 것이다. 나는 목표라는 것이 필요한 것을 달성한 후에 만족하지 않고 또 원하는 것을 쟁취하려고 경쟁하는 행위라고 생각한다. 목표를 이루고 나면 또 다른 목표를 새우기 전까지 마음속에 기쁨보다는 공허함만이 가득 채울 것만 같았기 때문이다. 반대로 꿈이라는 것은 이루게 된다면 아마 평생 그때를 회상하며 행복할 것이라고 생각했기 때문에 어렸을 때부터 꿈이란 단어만 들어도 왠지 모를 설렘에 흠뻑 빠질 때가 종종 있었다. 목표로 정한 것들이 꿈으로 바뀐 것도 그때였다.

만약 우리의 글을 출판하게 된다면, 혹여나 못 하더라도 별이 유난히 빛나는 한겨울 밤, 꿈을 이루고 당신이란 존재가 드디어 빛을 발할 때, 음악을 틀고 침대에 누워 따뜻한 차를 마시며 느긋하게 이 책을 한 장 한 장 넘기고 있다면, 행복하다면 그뿐이다.

김수정

행복하다면
그뿐이다.

변하지 않는 꿈

초등학교 1학년 때부터 꿈에 대한 이야기를 듣고 자랐음에도 불구, '꿈'이라는 단어를 들을 때마다 숨이 턱턱 막히고 머릿속이 엉킨 실타래처럼 복잡해진다.

초등학교 때 나의 꿈은 항상 소방관이었다. 제복을 입고 큰 차를 타고 다니는 소방관들의 모습이 마냥 좋았다. 멋진 소방관들을 볼 때마다 눈이 초롱초롱 빛났다. 초등학교 4학년 무렵, 나는 또래에 비해 키가 작고 약했다. 소방관이 되려면 체력이 강하고 키도 커야 한다는 말에 큰 실망과 좌절을 했다. 마냥 멋있어서 가지게 된 나의 첫 꿈은 그 친구의 말에 쉽게 포기했다. 그렇게 초등학교 4학년부터 중학교 2학년까지. 쭉 나의 꿈은 없었다.

그 5년이라는 시간 동안 꿈을 적어 내라는 말이 제일 싫었고, 취미, 특기를 만들어 내는 것도 싫증 났다. 꿈에는 선생님. 취미에는 책 읽기. 특기에는 줄넘기나 리코더. 5년 동안 별다를 것 없이 거의 비슷하게 적어 냈다. 그렇게 중학교 3학년이 되었고, 난 어김없이 선생님이라고 적어 냈다.

갑자기 회의감이 느껴졌다. 막막해졌다. 이렇게 살다가는 이도 저도 아닌 사람이 될 것 같은 기분에 불안했다. 내 꿈에 비해 쌍둥이 언니의 꿈은 확신에 차 있었다. 부럽고, 속상했다.

'수의사', 평소 동물에 관심이 많았다. 수의사라는 직업에 흥미를 가지고 있었다.

중학교 3학년, 담임선생님과의 상담 중 '꿈: 선생님'이라고 적혀 있는 칸이 한심해 보였다. 무슨 용기인지 '선생님 꿈 수의사로 바꿔 주세요'라는 말이 튀어나왔다. 선생님께서는 "쌍둥이라고 꿈까

꿈은 내가 무엇이 되고 싶은가가 아닌
나의 삶을 어떻게 살아가고 싶은가에 대한 질문이다.

지 따라 하는 거야?" 물으셨다. 속상했다. 나름대로 많이 생각하고 고민한 결과인데 고작 그런 말을 듣다니. 사실 나의 마음도 확신이 없었다. 진짜 내 꿈이 아닐지도 몰랐다. 쌍둥이 언니와 수의사에 대해 많이 찾아보았다. 넘을 수 없을 것만 같은 점수의 벽. 꿈을 생각하면 왜 항상 좌절과 두려움뿐일까? 나는 꿈의 의미를 다시 정하기로 했다. 얼마 전 학교에서 들었던 강의가 큰 위로와 도움이 되었다. 꿈은 내가 무엇이 되고 싶은가가 아닌 나의 삶을 어떻게 살아가고 싶은가에 대한 질문이다.

이제 나의 꿈은 더 이상 바뀌지 않는다. 내가 어떤 직업을 가지고 살아가든 모두에게 도움이 되며 행복한 삶!

이채영

날개

아기 때 엄마는 내게 날개를 달아 주었다
저 푸른 하늘을 훨훨 날아라,
조그마한 아기 날개를 달아 주었다

엄마의 엄마도 엄마가 아기였을 때
훨훨 날아라, 날개를 달아 주었다
하지만 엄마는 잠시 당신의 날개를 접고
내 날개를 달아 주었다

날개를 단 내가 어디 멀리 날아가지는 않을까
내 손을 꼭 잡고 놓아주지 않던 엄마는
내 날개가 점점 크고 아름다워지자
조금씩 내 손을 놓아주었다

날아라, 멀리
저 큰 세상을 보고
오너라.

날아라, 멀리
저 큰 세상을 보고 오너라

나는 하늘을 날고 있다
아직은 낮게 날지만
그래도 나는 지금 하늘을 난다

내가 나중에 커서 어른이 되면
더 넓은 세상을 향해 날아가리라
이번엔 내가 엄마 손을 잡고
저 푸른 하늘 함께 훨훨 날아가리라

문서영

그것만을 좇아

나는
너의
잔상만을
좇는다

얼굴마저도
기억나지
않지만

그것은
분명히
너다

형체를
알아볼 수
없어도

그것은
분명
너의
잔상이다

나는
그것만을
좇아
저 멀리

이유빈

그것은
분명
너의
잔상이다.

어서 와. 기다렸어.

달의 뒤편

사람은 달의 표면에 영광스러운 발자국을 남겼고,
　달 토끼는 달의 앞면에서 정체 모를 무언가를 가득 담아 방아
를 찧고 있지
　그들이 착륙했다던 고요의 바다를 건너 한참을 걷다 보면
　저기 절굿공이를 들고 있는 생명체가 보일거야
　그때가 되면 우리는 아마 함께할 수 있을 것이 분명해
　내가 널 향해 손을 내밀 테니까 말이야
　그때 얼른 내 손을 잡으렴
　나는 너를 우리들의 세상으로 인도할 거야
　저들은 매번 빛바랜 달의 앞면과 표면을 사진기에 담는걸
　이곳은 빛바랜 그곳과는 달라
　빛나거든, 아주 많이
　하지만 그들은 볼 수 없어 이곳을
　오직 너만이 볼 수 있단다
　이곳은 달의 뒤편이야
　그리고 우리는 달의 뒤편에서 우리들의 이야기를 찍지
　어서 와 기다렸어

장인서

외줄 타기

살아간다는 것은,
외줄 타기를 한다는 것과 같다

언제 어디로 떨어질지 모른다
조금이라도 중심을 잃어버리면
바로 떨어져 버리는 것이 외줄 타기다

그럼에도 우리는 이 위태로운 길을
걷고, 또 걷고 있는 것이다.

그럼에도 우리는 이 위태로운 길을
걷고, 또 걷고 있는 것이다

목적지에 아름다운 풍경이 기다리고 있을 것이란,
그 믿음 하나만으로

이유빈

미래에 대한 공상

꿈은 무엇일까요? 우리는 잘 때도 꿈을 꾸고 깨어 있을 때도 꿈을 꿉니다. 그런데 왜 다른 의미의 저것들을 한 단어에 묶어 버린 것일까요?

꿈은 '실현하고 싶은 희망이나 이상'이라는 사전적 의미를 가지고 있습니다. 하루에도 여러 가지 희망은 끊이지 않습니다. 등교할 때는 빨리 6교시, 7교시 마치고 집에 가는 것이 꿈입니다. 저번 주 목요일 개학하는 날에는 눈을 감았다 뜨면 졸업식 날로 타임워프 하는 것이 꿈이었습니다. 요즘의 꾸준한 꿈으로는 시일 내로 학원 끊는 것과 제가 열심히 공부할 수 있는 부지런함을 갖는 것입니다. 그리고 이 꿈들이 다 실현되는 것이 꿈입니다.

원래 꿈=장래희망이라고 생각했습니다. '여러분, 꿈이 꼭 직업이라고 생각하지 마세요'라는 소리를 듣고 저 말대로 그렇게 생각하고 있습니다. 저는 명확한 장래희망은 없고, 뭐라도 하려면 공부해야 하는 것이 분명하니까 공부를 열심히 하자고 생각합니다.

'장래희망'에 관해서 기억에 남는 건 초등학교 3학년 때인데 그때 저는 친구의 장래희망이 화가라고 하기에 "그럼 커서 화가 할 거야?" 하고 물어봤습니다. 그때 돌아오는 대답이 의외였습니다. 친구는 회사원을 할 것이라고 했습니다. 저는 뭔가 좀 의아해서 "그럼 왜 장래희망 화가라고 했어?" 물어봤습니다. "장래희망은 그냥 장래희망이고 커서는 회사원 할 거야." 저는 몰랐던 걸 알게된 기분이었습니다. 그때 저는 장래희망을 정해 두면 나중에 당연히 그 직업을 가지게 될 것이라는 바보 같은 생각을 하고 있었습니다. 꿈을 이루지 못할 가능성은 아예 생각조차 안 했는데 당연

그래서 저도 아직
한심한 인간입니다.

한 걸 생각하지 못한 것이 참 어리석었습니다. 지금도 제 생각 중에 그러한 생각의 오류들이 숱할 것입니다. 여하튼 그때 제 눈에는 그 친구가 어른스럽고 현실을 일찍 깨달은 대단한 아이처럼 보였습니다.

정말 꿈은 그저 희망하는 것뿐이고, 아무것도 하지 않으면 한때 내가 가졌던 소망밖에 되지 않습니다. 노력 없이 꿈을 그리기만 하는 건 한심합니다. 꿈을 이루려 애쓸 때 꿈이 진정 꿈이 되는 것이고 그렇지 않으면 그냥 공상인 것 같습니다. 그래서 저도 아직 한심한 인간입니다.

송현민

환영합니다.
지금부터 게임을 시작하겠습니다.

게임을 시작합니다

하라는 공부는 하지도 않고, 이 시간까지 그리고 오늘까지 이렇게 놀고 있다니. 확실하게 제정신은 아닌 것 같아. 미래가 불확실하면서도 어째서 우리는 매번 미래를 알고 있다는 듯 행동할까. 결국에는 잘될 거라며 왜 합리화하는 걸까. 어떻게든 되겠지. 이 또한 지나가겠지. 그러면 안 된다는 걸 알면서도 우리의 미래를 너무 안일하게 생각하고 있는 건 아닐까 하는 생각이 들어.

또래의 아이들이 여기 사회의 축소판에서 죽을힘을 다해 그리도 발버둥치고 있는지, 사실은 너도 알고 있잖아? 그리고 우리도 결국 이 사회 축소판의 플레이어 중 한 명일 뿐이라는 것까지. 어쩔 수 없다는 걸 알지만 그래서 또 어쩔 수 없는 게 분명해.

자, 이제 우리도 그들이 만들어 둔 게임을 시작해야 해.

플레이 버튼을 누르자.
리플레이 따위는 아마 없을걸.

[환영합니다. 지금부터 게임을 시작하겠습니다.]
[제한시간은…. 입니다.]

장인서

꿈과 현실은

의미를 붙여 보자면, 꿈은 직업뿐은 아니다. 학생들의 일반적이고, 누군가는 성급하게도 생각하는 직업보다 평생 지닐 수 있는 의미가 크다.

무의식이 불러온 생각에 나는 꿈을 더 좋아한다. 우리의 무의식 속엔 꿈은 아주 많았다. 그런 이유랄까. 무엇 무엇이 되고 싶단 생각에는 모두 꿈이 담겨 있다. 많았기에, 더 위험할 수 있고, 신중하게 생각해야 한다.

굳이 내 생각에 이유를 붙여 본 것일까. 억지 생각일까.

누군가 "너 꿈이 뭐야?"라는 질문을 한다. "아직도 꿈을 못 찾았니?" "겁이 나지 않냐"라고 묻는 사람도 있다.

할 말이 없어진다. 성급한 꿈은 두려움을 부르지만, 하고 싶은 것들은 나에게 호기심을 부른다. 하루 속에 생각으로 살며시 다가온다. 항상 호기심은 우리를 위험하게 만들어. 어른들이 우리를 말리는 이유이겠지. 그렇대도, 바라보게 된다. 호기심이 나쁠 이유는 없으므로.

의문은 알기 위해서
던지는 것이라
답이 있어야 한다.

밤에 꾸는 꿈이 그렇듯, 우리의, 아니 나만의 꿈은 무의식이다. 자꾸 현실에 스치는 부분이 된다. 그래서 이 글을 쓰게 되었다. 나의 글을 다시 보게 되는 날이 오면, 얼마나 자랐을까. 현실에 보이지 않게 휩쓸려 변한 꿈이 되지는 않았을까.

간직이 어렵게 느껴지는 생각들은 자꾸 뒤섞인다. 꿈처럼 원래 그런 것이다. 뒤섞여 나의 가치관까지 흔들어 놓았다. 이것이 당연하다.

오늘도 나를 바꾸고 있는 시간들이 간다. 시간 속에 항상 처음부터 끝까지 의문이 된다. 의문은 알기 위해서 던지는 것이라 답이 있어야 한다.

내가 느끼는 꿈의 의미마저 현실에 스쳤다면. 꿈도 눈치를 봐서 꾸며야 한다면. 무의식이 아니게 된다면. 그것이 현실이라는 것인가.

김은수

내가 사는 이유

어느 날 친구와 장난을 치다가 문득 친구가 "너는 왜 사니?"라고 말했다. 나는 우스갯소리로 "너 괴롭히려고 살지!"라고 대답했다. 그런데 그 말을 한 뒤에 나는 남몰래 고민했다. '진짜 내가 사는 이유는 뭘까?' 나는 아직까지 꿈이나 목표를 정하지 않았다. 그럼 내가 살아가는 이유가 없지 않나…? 그런데 '꼭 꿈이나 목표를 정해야만 살아가는 이유가 있는 건가?'라는 생각이 들었다. 공부하기 위해서, 먹기 위해서, 아님 다이어트 성공을 위해서 살 수도 있다. 이 생각이 난 후 다시금 아까의 질문이 떠올랐다. '나는 왜 살까?' 이제는 이 질문에 대답할 수 있다. 나는 수학이 좋아서 수학 공부를 하려고, 앞으로 살아갈 날이 많이 남아 있는, 그중에서도 행복한 날을 위해서 산다고. 그리고 내 자신을 위해서 산다고. 오늘보다 더 나은 내일을 만들고, 오늘보다 더 행복해할 내일을 위해서, 그것들을 이루고 누리는 '나'를 위해서 살아간다.

김민지

너는 왜 사니?

피터팬

내 꿈을 포기해 버렸다.

어느 날
피터팬이 나를 찾아왔다

나와 함께 네버랜드로 가자
하지만 창문에서 뛰어내린 순간
너무 무거워서 떨어지고 말았다

다음 날
아파서 누워 있는 나에게
피터팬이 찾아왔다

나와 함께 네버랜드로 가자
하지만 한 번 창문에서 떨어진 나는
내 꿈을 포기해 버렸다

박채윤

에필로그

달의 뒤편님을 초대하였습니다.

백경화 선생님

달의 뒤편! 우리들의 버킷리스트를 이야기해 볼까?

송현민

1. 오로라 보기
2. 별똥별 보기
3. 한국시리즈 7차전 관람하기
4. 책꽂이 만화책으로 다 채우기
5. 외국 영화 자막 없이도 이해하며 보기
6. 홍콩, 대만, 일본 가기
7. 높은 곳에서 야경 보기
8. 에펠탑 앞에서 바게트 먹기
9. 영화 엔딩크레딧에 이름 올리기
10. 비욘세 콘서트 관람하기

박채윤

1. 자서전 쓰기
2. 복싱 배워서 몸무게 60kg 만들기
3. 버스에 5만 원 내고
   "잔돈은 돈 없는 분들 태워 주세요"라고 말하기
4. 네이버에 웹툰 연재하기
5. 인터넷 소설을 써 보기
6. 쟁반짜장에 뿌링클치킨 먹기
7. 가족한테 밥 사 주기
8. 올백 맞기(수능 보기 전까지)
9. 내 경호원 두기
10. 욕 안 먹는 정치인이 되어 보기

장인서

1. 봄에 기차 여행 가기
2. 한복 입고 경복궁 가기
3. 1인 1닭 해 보기
4. 친구들이랑 집에서 파자마 파티하기
5. 부모님 생신에 직접 미역국 끓이기
6. 내 돈으로 직접 부모님 해외여행 보내 드리기
7. 융프라우 산악 열차 타 보기
8. 시골에 별장 짓기
9. 연예인 콘서트 가기
10. 달의 뒤편 책 출판하기

안민주

1. 몬스타 엑스 콘서트 가 보기
2. 하루 종일 tv만 보기
3. 하루에 영화 연속 두 편 보기
4. 드라마 시나리오 써 보기
5. 핀란드 산타 마을 가기
6. 우리나라 평화 통일 되는 것 보기
7. 박찬욱 감독 만나 보기
8. 스카이다이빙, 번지점프, 패러글라이딩 해 보기
9. 영화 시나리오 써 보기
10. 몬스타 엑스 앨범 다 모으기

김은수

1. 보기만 해도 행복을 주는 사람을 만나 보기,
   또 내가 그런 사람이 될 수 있도록 노력하기
2. 내가 직접 지은 집에서 살기
3. 무언가에 미쳤다는 말 들어 보기
4. 상상이 현실이 될 수 있도록 현실에서도 노력하기
5. 영화를 싫어하는 나에게 흥미로운 영화 찾기
6. 기계를 잘 다룰 수 있게 하기
7. 절대로 나태하게 포기하지는 말기
8. 사람들이 나로 인해 울 때는 감동으로만 눈물짓게 하기
9. 희망을 가지고 사는 법을 배우기
10. 지금의 모든 이야기들을 절대 잊지 않기

김한비

1. 딸기 뷔페 가 보기
2. 우주여행 가기
3. 배낭여행 가기
4. 친구랑 같이 살아 보기
5. 스위스 여행 가기
6. 남자 친구랑 놀이공원 가기
7. 좋아하는 피아노곡 마스터하기
8. 외국인과 연애해 보기
9. 피부 좋아지기
10. 이준기랑 꽉 끌어안기

이채원

1. 고등학교 가서 동물 관련 동아리 만들기
2. 유기견 센터에서 봉사해 보기
3. 해외로 가족여행 가 보기
4. 운전해서 엄마, 아빠 모시러 가기
5. 중학교 졸업 전에 책 20권 읽기
6. 애견 미용 배우기
7. 한국사 시험 붙기
8. 우아한 할머니 되기
9. 고백하기
10. 꽃 100송이 주기, 받기

이채영

1. 풍경이 좋은 마당 있는 집에서 살기
2. 반려동물과 여행 가 보기
3. 우리나라 전국을 빠짐없이 여행 가기
4. 비행기 최고급 석에 앉아 보기
5. 다락방이 있는 집에서 살기
6. 영정 사진 해맑게 찍기
7. 영어 회화 잘하기
8. 유기견 입양하기
9. 엄마, 아빠 여행 보내 드리기
10. 동물 관련 서적 내기

문서영

1. 소설 쓰기
2. 많은 사람들 앞에서 스피치하기
3. 뮤지컬 해 보기
4. 요리해서 엄마 아빠 드리기
5. 아빠 한 시간 동안 전신 마사지 해 드리기
6. 하루 종일 밖에서 놀아 보기
7. 나 가르쳐 주신 선생님들 모두와 사진 한 장씩 찍기
8. 영어로 강연해 보기
9. 친구 커플 만들어 주기
10. 모의 유엔 참여하기

김성령

1. 가족이랑 뉴질랜드 가 보기
2. 레고로 만든 집에서 살아 보기
3. 유기견 보호센터에서 봉사활동 해 보기
4. 구름이(애완견)랑 바다 가기
5. 나를 잘 웃겨 주는 남자 만나기
6. 키 160cm 돼 보기
7. 런닝맨에 나가 보기
8. 남자 친구랑 놀이공원 데이트 해 보기
9. 드라마 찍기
10. 친구들과 우리집에서 파자마 파티해 보기

이유빈

1. 3개 국어 유창하게 하기 (국어, 영어, 일본어)
2. 혼자 세계 여행하면서 사진 찍기
3. 콘셉트 사진 찍어서 포토북 만들기
4. 새로운 악기 하나 이상 배우기
5. 남녀 상관없이 마음 맞는 사람 찾기
6. 외국 유학 가기(영어권 지역 혹은 일본)
7. 각 나라의 화장품과 먹거리 수집하기
8. 직접 요리해서 친구들이랑 홈파티하기
9. 나 말고 다른 사람 메이크업 해 주기
10. 과학 부문 연구해 보기(꼭 직업이 아니어도)

김수정

1. 세계 유명 패션위크 구경하기
2. 부모님과 해외여행 가서 일기 쓰기
3. 혼자 조용한 여행 해 보기
4. 소박하고 순수한 인생살이
5. 크리스마스 이브에 캐럴 들으며 코코아 마시기
6. 희망리스트 채워 나가기
7. 사랑 주고, 사랑 받기
8. 아무리 어려워도 뭐든 이겨 내기
9. 내 분야에서 최고 되기
10. 이 모든 것 꼭 이루기

김민지

1. 친구들이랑 배낭여행 가기
2. 계획 없이 무작정 떠나는 진짜 자유여행 하기
3. 직업 말고 시간 나면 할 수 있는 여러 가지 취미 만들기
4. 지금 생활에 불편한 것들을 해결할 수 있는 발명품을
   만들어서 사람들이 편안하게 생활할 수 있도록 하기
5. 만약 땅, 돈, 시간이 있으면 나만의 집 만들기
   (집 설계와 공사, 인테리어 등등)
6. 내가 사람들에게 가르침을 줄 수 있는 책 출판하기
7. 50kg까지 살 빼서 유지하기
8. 길거리에서 아무 연예인의 사인 받기
9. 항상 웃고 쓸데없는 일에 화내지 않기
10. 모든 순간에 열심히 노력해서 후회하는 일 만들지 않기

백경화 선생님

1. 내 집 짓기
2. 가족과 함께 외국 여행 떠나기
3. 아들과 함께 수영, 피아노 배우기
4. 퇴직 후, 북카페 운영하기
5. 한 달에 한 번 가족 독서 모임 하기
6. 재봉틀 능숙하게 다루기
7. 텃밭, 정원 가꾸기
8. 웨딩 사진 다시 찍기
9. 남편과 제과제빵 자격증 같이 따기
10. 엄마랑 단둘이 여행 가기

우리 모두 하나하나 꿈을 이루며 살아가자. 달의 뒤편 모두 파이팅!

달의 뒤편님이 나갔습니다.

66

책이 만들어지기까지
우리들은 얼마나 자주 얼굴을 맞대고 고민하였던가.
그 시간들을 되돌아보니 책의 완성도를 떠나
우린 그만큼 친해지고 성장했다는 방증이니 그걸로 족하다.

99

꿈이 아직 없고, 하고 싶은 것도 많고, 돈이 많았으면 하는 청소년이다. 글쓰기를 좋아한다. 드라마, 영화 보기를 좋아한다. 감수성이 풍부하다. 먹을 것을 좋아한다.

김민지 >>>

항상 밝게 웃고 긍정적인 mind를 가졌다. 만화 그리기를 좋아하며 운동을 잘하는 소녀이다. 나서는 것을 좋아해서 항상 반장 부반장을 한다. 안 좋은 일이 있어도 금방 행복해지고, 누군가 칭찬해 주면 정말로 기분 좋아하는 남춘천여자중학교의 3학년 김성령.

<<< 김성령

2001년 06월 27일 오후 2시 40분경.
건장하신 우리 할아버지의 유전자를 물려받았음에도 불구하고 조그마한 아기가 태어났다. 밤마다 아기의 엄마는 잠든 아기를 보며 속삭였다. 항상 남들에게 존재만으로도 힘이 되고 웃음을 안겨 주는 그런 사람이 되라고…. 먼 훗날 그 아기가 자라 그 이야기를 다시 남들에게 해 줄 수 있는 그런 사람이 되라고….

김수정 >>>

나는 남춘천여자중학교 3학년 10반에 재학 중이다.
처음에는 호기심으로 이 '달의 뒤편'에 가입했지만, 지금은 이 글을 쓰는 것에 대해서 애정을 가지고 있다. 책을 읽는 것은 즐기고는 하지만, 쓰는 것에 대해서는 생각해 본 적이 없었다. 그래도 항상 열중하는 자세로 글을 쓰는 데 임할 것이다.

<<< 김은수

평범한 가정에, 평범한 얼굴, 평범하기 그지없는 16살 여중생이다. 소심하다는 말을 많이 들어 왔지만 속은 그렇지 않다. 정말 친해지면 먼저 다가가 장난도 치고 시끄러운 아이이다. 아직 꿈이 없어 다른 아이들이 꿈에 대해 시끌벅적하게 얘기할 때마다 나는 곰곰이 생각해 본다. 나는 사진 찍는 것을 정말 좋아해서 음식 사진이나 풍경 사진, 사람들을 찍어 주는 일도 좋아한다. 그리고 얼굴과는 어울리진 않지만 미술을 좋아해서 화장에도 관심이 있다. 하지만 이 취미들이 다 공통점이 없어서 고민이다. 그래도 꿈을 찾기 위해서 노력하고 있는 중이다 .

《《《 김한비

가만히 앉아 있다 보면 문득 떠오르는, 그리고 동시에 살풋 웃음을 터뜨리게 만드는 사람이 있다. 그런 사람이 바로 나라고 생각한다. 아니, 사실 그런 사람이 되고 싶은 걸지도 모른다. 낯가림이 없어서 항상 누구에게나 먼저 다가간다. 방금 한 말을 듣고 열심히 고개를 끄덕이다가도 금방 잊어버려 "응?" 하고 되묻고, 미워하는 사람이 있지만 금방 잊어버려서 누군가를 오래 미워할 수 없는 성격이다. 그래서 생각이 없는 것처럼 보일 때가 많다. 뇌가 순수한 것이라고 해 두자. 하지만 반드시 이런 나의 모습을 문득 떠올리며 살풋 웃음을 짓는 사람이 있을 것이라고 나는 믿는다.

문서영 》》》

170이 조금 넘는 키로 다른 아이들에 비해 덩치가 크고 얼굴도 몸도 동그란 O형이다. 심장이 오른쪽에 있다는 것만 제외하면 지극히 평범하다고 자부한다. 하지만 뭔가 특별해지고 싶다. 노란색과 초록색을 제일 좋아하고 제일 좋아하는 가수는 이선희언니다. 장점이라면 아직까지는 누구보다 잘 먹고 잘 잘 수 있는 것과 볼링도 꽤 잘 쳐서 스카우트 제의도 들어왔었던 것 정도이다. 또 나는 내가 세상에서 제일 착하고 긍정적이라고 생각하고 있다. 성별은 여자지만 하는 행동과 성격이 남학생 같다고들 한다. 여성스러운 면이라면 악기 연주하는 것도 좋아하고 노래 부르는 것도 좋아한다는 것 두 가지가 전부이다. 심지어 그 두 개 다 잘하지는 못 한다. 한마디로 음치 몸치 길치의 합작이랄까? 그래도 세상 살아가는 데 지장은 없다. 이 정도면 나름 괜찮은 대한민국의 학생이라고 생각한다.

《《《 박채윤

2001년 3월 5일 눈 펑펑 내리는 날 태어났다. 그 후로 이리저리 16년간 살다가 지금은 남춘천여자중학교 3학년으로서 책쓰기 동아리에 소속되어 있다. 영화 보기, 음악 듣기 같은 정적인 것을 즐긴다. 머릿속 생각은 많지만 몸은 게으른 나무늘보라는 것이 흠이다.

송현민 〉〉〉

나는 안민주다.
tv보는 걸 세상에서 제일 좋아하고, 그래서인지는 모르겠는데 게으르기도 하다. 하지만 게으른 나에게도 꿈은 있다. 방송작가가 되고 싶다. 물론 온갖 시련을 겪어야겠지만 난 내가 좋아하는 일을 하면서 행복하게 살고 싶다. 그리고 죽기 전에 몬스타 엑스 콘서트 가 보는게 소원이다. 너무 욕심이려나?

〈〈〈 안민주

우울과 무기력, 그리고 무감정의 인간
누군가와 어울려 지낸다는 것이 어렵기만 한
하루하루를 그저 이유 없이 힘겹게 버텨 나가는
딱히 특별하지는 않은, 한 명의 평범한 사람

이유빈 〉〉〉

2001.5.3. 남여중 3학년 8반의 평범하지만 결코 평범해지고 싶지 않은 여중생이다. 어릴 때는 그저 동물에 관심이 많은 한 아이였지만, 지금은 사람들을 이해하고 더 나아가 말 못 하는 동물까지도 이해하고 사랑할 수 있는 어른이 되고 싶다. 시시한 어른이 되고 싶지는 않다.
글쓰기를 잘하지는 못 하지만 잘해 보고 싶은 의욕만큼은 최고인 학생이다.

《《 이채영

이채원 》》》

남여중 3학년 이채원이다. 쌍둥이 동생, 오빠, 엄마, 아빠 그리고 망고까지 우리 가족이다. 나는 동물이 좋다. 발바닥도 말랑말랑 좋고, 맑은 눈은 더 좋다. 눈빛이 너무 예쁘다. 나는 가끔 생각 없는 말로 상처를 주는 사람보다 눈빛으로 마음을 전하는 동물이 더 낫다고 생각한다. 나도 말을 하지 않아도 마음을 전할 수 있는 눈빛을 가진 사람이 되고 싶다.

불변의 법칙인마냥 늘 좋아하는 건 입이 닳도록 말해도 '글쓰기' 밖에 없다. 내가 평소 느끼는 감정들을 자유롭게 표현할 수 있다는 게, 살아가면서 이룰 수 없는 것들을 글로써 이룰 수 있다는 게, 너무 좋아서 나는 글을 쓰는 것이다. 앞으로도 무엇이 되었든 글을 옆에 끼고 살 예정이다. 성격이 단순하고, 소심하고 또 눈치가 없다. 아재개그를 굉장히 좋아하는 나름의 열여섯.

《《 장인서

이토록 사소한 말 걸기

카메라로 세상에 말을 건네다

2017년   7월 10일 초판 1쇄 펴냄
2018년 11월 20일 초판 2쇄 펴냄

글쓴이 ㅣ 글쓰기 동아리 〈달의 뒤편〉
엮은이 ㅣ 백경화
펴낸곳 ㅣ 도서출판 단비
펴낸이 ㅣ 김준연
편집 ㅣ 최유정
등록 ㅣ 2003년 3월 24일(제2012-000149호)
주소 ㅣ 경기도 고양시 일산서구 일중로 30, 505동 404호(일산동, 산들마을)
전화 ㅣ 02-322-0268
팩스 ㅣ 02-322-0271
전자우편 ㅣ rainwelcome@hanmail.net

ISBN 979-11-85099-95-8 03810

값 12,000원

국립중앙도서관 출판예정도서목록(CIP)

이토록 사소한 말 걸기 / 글쓴이: 글쓰기 동아리 〈달의 뒤편〉 ;
엮은이: 백경화. ― 고양 : 단비, 2017
      p. ;   cm

ISBN 979-11-85099-95-8 03810 : ₩12000

글쓰기

802-KDC6
808-DDC23 CIP2017015048